# BIG LIFE

## 빅 라이프

# 빅 라이프 15

우지호 장편소설

초판 1쇄 찍은 날 | 2017년 10월 12일
초판 1쇄 펴낸 날 | 2017년 10월 19일

지은이 | 우지호
펴낸이 | 예경원

기획 | 위시북스
편집책임 | 이규재
편집 | 이즈플러스

펴낸곳 | 예원북스
등록번호 | 제396-2012-000132호
등록일자 | 2012. 7. 25
KFN | 제1-158호

주소 | 경기도 고양시 일산동구 호수로 646-24 위너스21 II 빌딩 206A호 (우)10401
전화 | 031-819-9431 팩스 | 031-817-9432
E-mail | yewonbooks@naver.com

ISBN 979-11-6098-578-8 04810
       979-11-5845-517-0 (set)

BIG LIFE

우지호 장편소설

15
완결

WISHBOOKS MODERN FANTASY STORY

빅 라이프

Wish Books

# 빅 라이프
# BIG LIFE

## CONTENTS

152장
단 하나면 되는데

[‘현대지존록’ 무대 인사차 방중한 하재건과 박도준, 수속 절차 생략하고 베이징 공항 통과]

[중국 전문가, ‘프리패스 쥐어준 사람 중국 고위 권력자일 것’]

[방중한 하재건과 박도준, 왕푸징 소재 5성급 호텔서 체크아웃 모습 포착, 다음 방문지 불명]

[이 와중 하재건의 공쿠르상 수상작 ‘악의’, 이번엔 영국 맨부커상 최종 후보작으로 선정?]


정오를 갓 넘긴 시각.

도심의 아케이드 식당가는 직장인으로 가득했다. 규호와

수희도 곧잘 찾는 생선구이 전문점의 한 자리를 차지하고 마주 앉아 있었다.

"인터넷이 또 처남 얘기로 뜨겁네."

규호가 핸드폰을 들여다보며 중얼거렸다. 맞은편의 수희는 대꾸가 없었다. 탁자 구석에 태블릿 PC를 놓고 마치지 못한 업무를 처리하는 중이었다.

"이보세요, 이 팀장님."

규호가 다시금 불러도 무반응이었다. 손가락으로 탁자를 톡톡 두드리고 나서야 수희는 화들짝 고개를 들었다.

"네? 네, 이사님. 무슨 말씀하셨어요?"

"점심 먹는 동안만이라도 쉽시다. 이제 홀몸도 아닌데 건강도 신경 쓰고 그래야지."

규호의 목소리엔 걱정이 그득했다. 그도 그럴 것이 최근 수희는 차 한잔 마실 여유도 마다하고 '더 브레스 온라인' 최종 점검에만 심혈을 기울이고 있었던 것이다.

"죄송해요, 혜미 씨랑 기획 팀 직원들이 점심도 거르고 점검하고 있는데 바로바로 피드백 안 주면 미안해서요. 거의 다 끝났어요."

수희는 부리나케 터치 패드를 얼마간 더 두드리고는 태블릿 PC를 옆으로 치웠다. 때맞춰 주문한 생선구이 정식이 맛깔스러운 자태로 상 위에 등장했다.

"다행히 시기는 맞겠군."

수저를 들면서 규호가 입을 열었다. 수희는 즉각 알아듣고 고개를 끄덕였다. 영화 '더 브레스'의 미국 개봉 직후 게임 '더 브레스 온라인' 정식 서비스를 개시할 수 있게 됐다는 얘기다.

"중국은 말할 것도 없고 대만 쪽도 걱정할 게 없겠어. 우리 이 팀장이 워낙 기반을 제대로 다져 놔서."

"제가 한 게 뭐 있겠어요. 다 이사님 덕분이죠."

"몸은 좀 어때? 여러 번 말했지만 제발 부탁이니까 아프면 연차 팍팍 써."

"다들 고생하는데 저만 어떻게 그럴 수 있어요. 이제 얼마 안 남았으니까 조금만 더 노력할게요."

그렇게 말을 받자마자 이번엔 수희가 질문을 던졌다.

"언니는 괜찮으세요? 어디 아프신 곳 없으시고요?"

"어? 응, 아…… 뭐, 아주 괜찮아."

어물거리며 말을 받는 규호는 급작스레 쑥스러워진 기색이었다. 아내의 임신에 관한 얘기인 것이다. 시기를 따지면 수희보다 2~3주 정도 빨랐다.

"비슷한 시기에 태어날 텐데. 둘이 나중에 사이좋게 잘 지냈으면 좋겠어요. 그렇죠?"

"어, 응. 좋겠지, 사이가 좋으면 좋겠지."

에둘러 말을 받자마자 규호는 입안 가득 밥을 퍼 넣었다. 그에게 있어서는 수희와 스스럼없이 대화를 나누기에 너무도 쑥스러운 화젯거리였다.

"엇, 원장님께서 톡을 보내셨군."

규호가 몹시 반가워하며 핸드폰을 들었다. 구원처럼 날아든 재인의 메시지를 읽으며 그는 말을 이었다.

"이 팀장, 오늘은 야근 못 하는 거 알고 있지?"

"네? 왜요?"

"왜라니, 셋이서 현대지존록 보고 저녁 먹기로 한 날이잖아."

"아…… 그렇네."

수희가 두 눈을 내리깔았다. 가늘고 기다란 속눈썹이 파르르 떨리고 있었다. 몹시 야근을 하고 싶은데 그럴 수 없게 되자 안타까워하는 기색이 역력했다.

물론 남편의 원작으로 만들어진 영화는 소중하다. 하지만 이미 만들어졌으니 언제든지 볼 수 있지 않은가. 그에 반해 게임은 미완성 상태인 것이다.

"영 내키지 않는 표정인걸, 남편 작품인데."

"정말. 이사님, 놀리지 마세요."

수희가 볼멘소리로 대꾸하고는 숟가락을 들었다. 하나 밥 한 숟가락을 채 뜨기도 전에 기획 팀으로부터 걸려온 전화를 받아야 했다.

"여보세요?"

—팀장님, 식사하시는 중에 죄송한데요. 그래픽 팀장님이 버려진 농장 인스턴스 던전 문제 생긴 것 같다고 하시는데요.

"무슨 문제요? 점검 다 끝냈잖아요?"

—네 번째 에어리어 심연의 우물이요. 언뜻 들으니까 구석에서 장거리 마법 사용하면 반대편 벽을 뚫고 날아온대요. 죄송한데 저는 더 이상 알아듣지를 못하겠어서요.

"그걸 범석 씨가 왜 미안해하세요. 시나리오랑 퀘스트 담당인데 모를 수도 있지. 암튼 서버 팀이랑 상의해야 될 문젠데 서버 팀 사람 없어요?"

기어코 수희는 핸드폰을 귀와 어깨 사이에 끼고 태블릿 PC를 다시 작동시켰다.

그 모습을 바라보며 규호는 속으로 한숨을 내쉬었다. 오늘 저녁 '현대지존록'을 재인과 단둘이서 보러 가게 될 것이 분명해졌으므로.

## BIG LIFE

중국에서 시작된 열기는 한국에도 고스란히 흘러들었다.

개봉 일주일 만에 700만 관객을 돌파한 '현대지존록'으로 한반도는 뜨겁게 달아오르고 있었다.

앞서 개봉한 중국에서도 열기가 한창이다. 광활한 대륙에 걸맞게 무려 8,000만 관객이라는 어마어마한 기록을 넘어서기 직전이었다.

이토록 강력한 흥행성이 입증되자 세계 각국의 수입에도 나날이 가속이 붙고 있었다.

"이러다가 정말 부딪치겠네."

"뭐가 부딪쳐?"

핸들을 붙잡은 현경이 물었다. 얼마 전에 구입한 낡은 차를 달려 어딘가로 향하는 길이었다. 조수석의 연우가 핸드폰을 들여다보며 대꾸했다.

"현대지존록이랑 더 브레스요. 장기 상영 돌입하면 같은 극장에 걸리겠는데요."

"난 또 무슨 차가 어디 부딪친다는 줄 알고. 근데 그즈음이면 현대지존록은 많이 약세일 텐데 부딪친다고 표현할 정도는 아닐 것 같다."

"그래도 둘 다 재건이 형 작품이니까 관객 수나 그런 스코어로 비교 대상은 좀 많이 될 거예요. 그렇죠? 한국 영화사 신기록 만들어줬으면 좋겠다."

"하여간 재건이 형 사랑은 알아줘야 돼. 집 보러 이렇게 데려다주는 나한테는 고맙다는 말 한 번 안 하고."

"아, 형 또 왜 그러세요. 제가 오늘 곱창 사드린다니까요."

"됐어. 나 혼자 10인분 먹을 거니까 그리 알아."

이윽고 차가 한 아파트 단지에 도착했다. 준공한 시기가 꽤 지난 허름한 단지였다. 어쨌거나 차에서 내린 연우는 꿈을 꾸는 듯한 눈초리로 아파트들을 둘러보았다.

"멍하니 서서 뭐 해? 올라가자."

"아, 네. 형."

엘리베이터를 타고 고층으로 올라간 두 사람을 미리 나와 있던 공인중개사가 반겨주었다. 집으로 들어서기 무섭게 업자는 환히 웃으며 떠들어 댔다.

"요즘 같은 때 이만큼 좋은 매물도 없어요. 정말 이 가격에 전세로 나온 매물 흔하지 않으니까요. 놓치시면 엄청 후회하실 겁니다."

연우는 업자의 말을 듣는 둥 마는 둥 하며 집 안을 차분히 둘러보았다. 설명에 따르면 부부가 아들 하나를 데리고 20년을 산 집이라고 했다. 집을 많이 아꼈는지 딱히 하자는 찾아볼 수 없었다.

"현경이 형, 보시기엔 어떤 거 같으세요?"

"상태는 다 좋은데…… 어머니 모시고 지내기엔 조금 좁지 않을까."

현경이 욕실을 열어보며 조심스레 의견을 냈다.

전용면적 13평 남짓에 거실 겸 큰방 하나, 그리고 작은방 하나의 구조였다.

연우는 웃으며 고개를 가로저었다.

"이 정도 평수면 감지덕지죠. 그리고 저는 사무실로 출퇴근할 거니까 집에서 따로 작업할 일도 별로 없을 거고요. 괜찮아요."

연우는 발코니로 가 서서 바깥 풍경을 내려다보았다. 그리고 이내 목이 메어왔다. 비록 매매는 아니지만 드디어 어머니와 함께 살아갈 수 있는 집을 구한 것이다. 작가 생활을 하면서 지내온 지난날들이 주마등처럼 눈앞을 스쳐 갔다.

눈시울이 뜨거워지는 그에게 현경이 불쑥 물었다.

"너 지금 우냐?"

"……그냥 조금, 제 자신이 뿌듯해서요."

"솔직하네, 자식이. 그래도 재건이 형이랑 이런 건 달라. 눈에 뭐 들어갔다는 핑계는 안 대는구만."

현경이 연우의 어깨를 토닥여 주었다.

연우는 멋쩍게 웃으며 젖은 제 두 눈을 훔쳤다.

"저 그리고 에픽스피어 편집장님이 강연 잡아주겠다고 하더라구요."

"강연?"

"네, 직장인 독서 모임이랑 중소기업 몇 군데에서 강연할 일이 있는데 저를 추천했다고 해요. 에세이 판매량도 늘어날 거라고 적극 권하시던데. 잘 모르겠어요. 제가 무슨 주제로 강연을 할지."

"흐음, 나는 찬성인데?"

"찬성이라고요?"

"너 재건이 형 강연하시는 거 제법 따라다니면서 봤잖아. 보고 들은 경험으로 노하우도 있을 거고. 그리고 너 입담이 나쁘지 않아. 나는 해보면 좋을 것 같아."

현경이 씩 웃으며 덧붙였다.

"그리고 강연료도 두둑하게 나올 거 아니야. 너 열심히 벌어야지. 계속 어머니께 효도하고 싶다면서."

"돈이야 그렇겠지만…… 뭔가 제가 생각한 작가로서의 인생과는 점차 동떨어져 가는 기분이 들어서요."

"재건이 형이 그러셨다면서. 어디 소설을 써야만 작가냐고. 마음 편하게 갖고 네 재능을 흐름에 맡겨."

전화를 받으러 나갔던 업자가 되돌아왔다.

연우는 계약하겠다는 의사를 밝히기에 앞서 재건에게 메시지를 보냈다. 그에게 있어 이 집은 재건으로부터 받은 선물이나 다름없었다.

다시 눈물이 새어 나오려는 걸 참느라 한껏 콧등을 구겨야만 했다.

똑똑똑.

"그래, 들어와도 된다."

명석이 문을 열고 서재로 발을 들였다. 우두커니 앉은 태진의 등이 보였다. 열 손가락은 여전히 키보드를 두드리느라 여념이 없었다.

"이제 거의 다 왔답니다. 좀 쉬시면서 쓰시지요, 아버지."

"많이 쉬었으니 걱정하지 마라. 잠깐만 기다려다오, 몇 분이면 된다."

말과는 달리 10분이 넘어가도 태진의 집필은 끝날 줄을 몰랐다. 명석은 완전히 몰입한 아버지를 방해하지 않으려 숨소리도 내지 않고 가만히 기다렸다.

"아이고, 미안하구나."

이윽고 마침표를 찍고 난 태진이 의자째로 몸을 돌려 앉았다. 불과 몇 주 사이에 한층 노쇠해진 모습이어서 명석은 못내 속이 시렸다.

"그래, 어땠니?"

"네?"

"내 초고 말이다. 고작 5만 자고 일주일이면 시간은 충분했을 것 같아서. 하 작가님도 다 읽었다고 했고."

"아…… 네, 저도 다 읽어보았습니다."

명석은 입을 다물고 가만히 할 말을 머릿속으로 정리했다. 예전에도 조심스러웠지만 지금은 더더욱 신중을 기하는 아들이었다. 은퇴한 이후 다시금 글을 쓰기 시작한 아버지의 자신감을 어떻게든 북돋아주고 싶었던 까닭이다.

"너무 할 말을 고르지 않아도 된다."

태진이 힘없이 웃으며 말했다.

놀라서 입술을 움찔거리는 명석에게 그는 말을 이었다.

"네가 애비 마음 걱정하는 거 충분히 알고 있다. 하지만 솔직히 말해줬으면 한다."

"아버지, 저는 그런 것이 아니라……."

태진이 고개를 천천히 가로저으며 말을 막았다. 그리고는 노트북 쪽으로 턱짓을 해 보였다.

"인터넷에 들어가서 오태진이라는 작가를 검색하면 무슨 결과가 나오는지 아니?"

"……?"

"무엇을 봐도 진실이 결핍돼 있다. 오태진 작가의 작품을 읽고 난 평론가들의 감상은 하나같이 영양학적으로 불균형하다고 해야 할까."

"아버지, 왜 갑자기 그런 말씀을……!"

명석이 당황해서 상체를 폈고 태진의 말은 계속되었다.

"그래, 애비가 한국 출판업계의 거장이지. 그건 부정할 수 없는 사실이야. 하지만 작가로서도 거장이냐고 누군가 묻는다면…… 아니, 애초에 작가라는 영역에서 거장이니 아니니 논하는 것도 우습지만……."

어느새 태진의 입가에는 자조하는 웃음이 한껏 어리고 있었다. 곧이어 땅이 꺼질 듯 무거운 한숨이 서재 바닥으로 내리깔렸다.

"그 어떤 평론가도 내게 쓴소리를 해주지 않아. 내가 쓴 글줄이 흠잡을 곳 하나 없이 완벽해서 그런 건 물론 아닐 테지. 티끌만치라도 좋은 부분은 몇 배, 몇십 배로 강조해서 극찬들을 하지. 그에 반해 나쁜 부분에 대해서는 아예 언급들을 안 해. 모두가 아직도 이 늙은이를 조심하고 있는 거야."

"왜 이런 말씀을 하시는 겁니까. 아니에요, 아버지. 지금까지 아버지가 세상에 내놓으신 작품들 하나같이 정말 좋습니다."

"고맙지만 지금 그런 말은 됐다."

"아버지, 저는 왜 아버지가 가장 안락한 시간을 즐기셔야 할 이때에 이토록 괴로워하시는지 잘 모르겠습니다. 아버지를 괴롭히는 원인이 어떤 건지 저한테 정확히 말씀을 해주시면……!"

똑똑.

"죄송합니다, 회장님. 손님께서 도착하셨습니다."

"아, 그래요. 나가보겠습니다."

태진이 끙 소리를 내며 팔걸이를 두 손으로 짚고 일어섰다.

아직 그와의 대화를 끝맺지 못한 명석은 속이 탔다. 이런 상태로 지금 찾아온 손님을 맞이해야 하다니.

"우리 장남의 감상을 먼저 듣고 싶었는데 뒤로 미뤄야겠구나."

태진과 명석 부자가 응접실로 나섰다. 이제 막 찾아온 손님이 그들을 보고 즉시 몸을 일으켰다. 구김살 없는 미소로 손님은 고개 숙여 인사했다.

"안녕하셨습니까, 회장님."

"아이고, 하 작가님. 어서 오시게. 우리 하 작가님께서 제 초청을 받아 이렇게 집에 와주시니 이 늙은이 마음이 무척 기뻐요."

헐레벌떡 달려간 태진이 재건의 두 손까지 맞잡으며 반가워했다. 명석도 아버지에 대한 걱정을 잠시 감추고 웃으며 그를 반겼다.

"이렇게 찾아와 주셔서 무척 감사드립니다, 하 선생님."

"아닙니다, 회장님께서 일선에서 물러나신 지가 벌써 한참 전인데 이제야 찾아뵙게 되어 저야말로 죄송스럽습니다."

식당으로 자리를 옮긴 세 사람은 한정식으로 꾸려진 상에

둘러앉았다. 맛있는 음식을 먹으며 자연스레 서로의 안부가 상 위를 오갔다.

"그래, 하 작가님은 영국에 안 가실 거라고?"

어느덧 화제가 맨부커상 최종 후보 목록에 든 '악의'로 옮겨갔다. 수상작은 5월에 영국 런던의 유서 깊은 박물관에서 발표된다. 공식 만찬을 겸한 이 시상식 자리에 재건도 물론 초청장을 받아두었다.

"네, 아내 몸이 걱정돼서 출산일까지는 최대한 집을 비우지 않을 생각입니다."

"으음, 그래요. 이번에는 다른 이유로 공쿠르상 때처럼 대리 수상을 하시겠군. 어차피 수상이야 하 작가님께서 떼 놓은 당상일 테니."

"회장님의 격려 말씀을 들으니 영국은 가지도 않았는데 벌써 수상을 해버린 기분입니다. 정말 감사합니다."

웃음이 터지는 와중에도 태진은 마음이 시렸다. 자신의 작품은 해외에서 썩 좋은 성과를 거두지 못했다. 회사의 막대한 자본을 투자해 마케팅을 펼쳤는데도 그랬다.

그에 반해 이제 겨우 서른에 접어든 재건은 어떠한가. 이 젊은이의 성과가 얼마나 눈부신 것인지 새삼스레 절절히 깨닫고 마는 태진이었다.

'그 친구가 이 젊은이를 만났다면 당장 제자로 들이고 싶

어 난리도 아니었을 텐데.'

이윽고 식사가 끝이 났다. 세 사람은 다시금 응접실로 자리를 옮겼다. 이 시간이야말로 태진이 무엇보다 기다린 순간이었다.

"그럼 잠시 말씀 나누시고 계십시오. 저는 잠깐 업무 때문에 전화를 조금 하고 오겠습니다."

명석이 슬그머니 몸을 일으키며 말했다.

이제부터 아버지의 작품에 관한 재건의 감상이 나올 것이다. 재건은 글에 있어 좋은 말로 우회할 줄 모르는 인간이다. 따라서 아버지를 위해 자리를 피하려는 심산이었다.

"급한 일 아니면 나중에 가지 그러니."

"정말 죄송합니다. 그렇게 오래 걸리지 않을 겁니다. 빨리 끝내고 다시 내려오겠습니다."

돌아선 명석이 계단을 밟아 2층으로 올라서기 시작했다. 한 계단씩 더 높이 오를 때마다 심장도 그만큼 강하게 뛰고 있었다.

명석은 속으로 간절히 바랐다. 아버지의 신작 초고를 읽고 자신이 품었던 생각. 그것이 재건의 입을 통해 나오지 않기를 가슴 깊이 바라고 있었다. 여느 때보다 기력이 쇠한 오늘의 아버지가 웃으며 하루를 마치게 되기를 빌었다.

"……르겠습니다."

재건의 목소리가 어렴풋이 들려왔다. 명석은 자기도 모르게 계단 한가운데에서 걸음을 멈췄다. 머리에서는 계속 올라가야 한다고 외치고 있었지만 몸이 말을 듣지 않았다.

"무엇을 말하고 싶은 글인지 모르겠습니다. 회장님께서 물어보신 대로 전작 마지막 여행과도 비교가 불가능할 만큼 퇴보한 글이었습니다."

"……!"

명석은 자기도 모르게 두 귀를 막고 싶었다. 그러나 한발 먼저 재건의 이어지는 말이 고막을 파고들었다.

"결론적으로 너무 재미가 없습니다."

쿠웅!

명석이 휘청거리다 못해 난간을 붙잡고 섰다. 아버지의 작품을 읽고 난 재건의 감상은 그의 견해와 꼭 같았다. 명석 역시 아버지의 글이 너무나도 퇴보한 느낌을 받았던 것이다.

계단 아래서 재건의 말이 이어졌다.

"가장 큰 문제는 주인공이 살인을 하는 동기를 뒷받침할 근거가 너무 부족하다는 겁니다. 물론 아무 이유 없이 사람을 죽일 수도 있다고 생각합니다. 세상엔 별의별 성격의 사람들이 존재하니까요."

명석은 난간 구석에 기대어 서서 가만히 귀를 기울였다. 태진도 묵묵히 듣고만 있는 건지 재건의 일방적인 말이 계속

되었다.

"그렇지만 이 글은 소설입니다. 근거가 없으면 재미라도 있어야 할 텐데, 전반적으로 무미건조하고 지루한 정보만 거듭 제공하고 있습니다. 심지어 그 정보도 다수 틀렸어요. 제가 몇 개 회장님께 도움이 되어드릴 만한 자료를 가져왔습니다. 잠깐만요."

재건의 발언은 거침이 없었다.

보이지 않아도 지금 그의 모습을 명석은 알 것 같았다. 글에 관한 이야기를 할 때면 불필요한 요소는 모조리 잊어버리는 재건이다. 상대가 은퇴한 대기업 회장이라는 것도 아무런 관계가 없는 일인 것이다.

'이것은…… 아버지에게 좋은 일일까.'

재건의 지적은 여전히 속사포처럼 쏟아져 나오고 있었다.

명석은 벽에 뒷머리를 기대고 입술을 깨물었다. 작가로서의 아버지가 받을 상처를 공감하니 가슴이 몹시 아팠다.

"그리고 이건 제가 예전에 질풍노도를 쓰면서 노래방 도우미를 하던 여성분을 취재할 때 만들어둔 자료입니다. 이건 스무 살의 여름 때 법의학자 한 분을 통해 얻은 자료고요. 드릴 테니 참고하셨으면 좋겠습니다."

"정말…… 고맙소…… 하 작가……."

대화 말미에 처음으로 들려온 태진의 목소리는 한껏 주눅

이 들어 있었다.

명석은 비로소 다시금 계단을 밟아 올라갔다. 역시 자리를 피해드린 것이 그나마 다행스러운 일이었다.


## BIG LIFE

[하재건 원작에 박도준이 주연을 맡은 영화 '현대지존록'의 관객 수가 중국에서 1억 2,000만 명을 넘어섰습니다. 중국 영화사의 흥행사를 다시 쓰고 있는 어마어마한 수치인데요. 이미 중국 영화사상 흥행 역대 1위로 확정…….]

[현재까지 37억 8,900만 위안, 한화로는 약 6,400억 원에 달하는 수입을 기록하고 있는데요. 아직까지도 상영관을 찾는 사람들의 발길이 끊이지 않아…….]

[뜨거운 반응은 한국도 다르지 않습니다. 무려 1,500만 명의 관객 수를 돌파하면서 역대 흥행 2위의 자리를 공고히 한 상황이고요. 전국적으로 스크린의 수는 줄어들기는커녕 오히려 늘어나는 추세…….]

[이러한 와중에 하재건 원작 더 브레스 드래곤 라이더가 조만간 개봉을 앞두고 있습니다. 북미를 제외한 세계 30여 지역 시장에서 선 개봉될 예정인데요. 최종 작업에 들어선 크리스 놀란 감독은 최근의 인터뷰를 통해 작품에 관한 굉장

한 자신감을 드러냈습니다.]

타닥! 타닥! 타다닥!

벽걸이 TV에서 끊임없이 뉴스가 흘러나오는 가운데. 키보드를 두들기는 태진의 열 손가락은 멈출 기색이 없었다. TV는 일부러 켜두었다. 지나치게 조용해서 집중이 되지 않는 듯한 날도 있는 까닭이다.

'그래, 이 장면에서 주인공이 증오를 드러내고…….'

태진은 이마에 흐르는 땀을 닦을 여력도 없이 집필에 몰두하고 있었다. 끊임없이 흘러나오는 재건에 관한 뉴스도 그의 집중력을 흩어놓지는 못했다.

실상 중국 역대 1위니 흥행 성적이 어쩌니 하는 얘기들은 태진의 주의를 끌지 못했다. 은퇴한 전 대기업 회장이 원하는 것은 상업적인 성공이 아니라 장남을 비롯한 문인들의 진정 어린 극찬이니까.

똑똑.

등 뒤에서 문을 두드리는 소리가 들려왔다. 마지막 문장을 쓰고 있는 태진은 듣지 못했다. 잠시 후 문이 열리면서 그의 아내가 조심스레 들어왔다.

"여보, 점심 드셔야지요."

"아…… 그래요, 벌써 시간이 그렇게 됐나."

이윽고 마침표를 찍고 난 태진이 한껏 기지개를 켰다. 등 뒤로 다가온 아내가 그의 양어깨를 주물러 주었다. 태진에 비해 15살은 족히 어려 보이는 외모. 오늘날까지 그녀는 한 번도 아이를 낳아본 경험이 없었다.

"서재 공기가 많이 탁해요. 환기라도 좀 시켜야겠어요."

아내가 커튼을 모조리 걷고 창문을 열었다. 어두운 서재가 환해지면서 눈부신 5월의 햇빛이 쏟아져 들어왔다.

태진은 나른해져 의자 등받이 깊숙이 몸을 눕혔다.

"집필은 어떻게, 잘되어 가세요?"

"모르겠소."

태진이 굳은 표정으로 짤막하게 대꾸했다. 아무리 써도 글이 만족스럽지 못했다. 재건에게 들었던 말마따나 자신의 글이 자꾸만 퇴보하고 있다는 느낌만 나날이 강해지고 있었다. 조바심이 원인일까 싶어 마음을 편하게 먹으려고 해도 쉽지 않았다.

"은퇴하시자마자 서재에 틀어박히셔서 이러시는 거 너무 보기 안쓰러워요. 요즘처럼 좋은 날씨에 여행이라도 다녀오시면 좋잖아요. 아니면 명훈이라도 간만에 보실 겸……."

"됐소."

태진이 고개를 좌우로 가로저으며 아내의 말을 잘랐다.

"당신이나 명석이랑 언제 한번 다녀오구려."

"……."

"표정이 왜 그러오? 함께 살아온 세월이 얼만데 아직도 그렇게 명석이랑 관계가 소원하오?"

"그런 거 아니에요……. 그냥 조금 어려워서……."

"세상에 자기 아들이 어렵다니, 나 원 참."

태진이 조금은 짜증스럽다는 듯이 혀를 차며 일어섰다.

식사를 하기 위해 첫발을 내딛는 그때, 급작스레 화면이 바뀐 TV에서 아나운서의 목소리가 흘러나왔다.

[속보입니다. 하재건 작가의 '악의'가 영국 맨부커상 인터내셔널 부문에서 수상의 영예를 안게 됐습니다.]

"……?!"

태진은 TV를 돌아볼 엄두도 내지 못하고 목울대를 울렸다.

기어이 공쿠르상에 이어 맨부커상까지 수상하게 되다니.

한 줄로 형용하기 힘든 복잡한 심경 속에서 속보는 계속되고 있었다.

[빅토리아 앤 알버트 박물관에서 열린 공식 만찬 겸 시상식 현장에는 '악의'의 미국 출판권을 갖고 있는 오픈하우스

측 편집장이 대리 수상을 하기 위해 나와 있는데요. 하재건 작가는 임신한 아내가 걱정돼서 집을 오래 비울 수 없다는 입장을 이미 밝힌 바 있으며…….]

팟!

아내가 리모컨을 들어 TV를 껐다.

태진이 성난 얼굴로 홱 돌아보자 그녀는 몸을 움찔 떨었다.

"나, 나가야 되니까 껐어요. 다시 켤까요?"

"……."

"여보……?"

심상찮은 기색을 느낀 아내가 두 눈을 치켜떴다. 노기 가득한 태진의 시선은 자신을 향하고 있지 않았다. 꺼진 TV를 죽일 듯이 노려보고 있었던 것이다.

"갑자기 옛날 생각이 나는군."

"무슨 말씀이세요?"

"나는 직언을 잘하는 부하들을 사랑했소. 주변 눈치 안 보고, 아첨하는 일 없이 회사의 발전을 위해 과감하게 의견을 내놓는 사람들 말이오. 실제로 그런 이들을 아낌없이 지원했고, 또 잘 활용해서 오늘날의 웅성을 만들었지."

왜 갑자기 이런 말을 꺼내는 걸까.

어쩐지 불안한 심정이 된 아내는 잠자코 태진의 말을 듣고 있었다.

"하지만 은퇴하고 나니 생각이 조금 달라졌나. 나이가 들어서 그런가. 적당히 비위를 맞춰줄 줄 아는 그런 사람들이 좋아. 매 순간 솔직하고, 과감하고, 그래서 때론 상대를 상처 입게 만들고……. 그런 피곤한 감정을 느끼기엔 너무 지쳤어."

"여보……?"

태진이 두 눈을 질끈 감고 고개를 떨어뜨렸다.

자신을 앞에 앉혀놓고 소설을 완전히 해체시키던 재건의 모습이 눈앞에 그려졌다. 벌거숭이로 혹한에 내던져진 것 같았던 그 부끄러운 기억은 관에 들어가기 전까지 잊지 못하리라.

"단 하나면 되는데…… 짧지 않은 내 인생을 통틀어 단지 그 한 번의 영예가 허락되지 않는다니……."

이어지는 탄식은 너무도 작아 아내의 귀에도 들리지 않았다. 아무 말도 못 하고 선 그녀 앞에서 태진은 아주 천천히 고개를 들어 올렸다.

"먼저 들어요."

"네?"

"나는 생각 좀 정리해야겠소."

"하지만 여보, 오늘 아침부터 제대로 드신 것이……."

곧바로 태진의 두 눈에서 불똥이 튀었다.

"생각 좀 정리해야겠다고 하지 않았소!"

"아, 알겠어요. 죄송해요, 여보⋯⋯."

아내가 도망치듯 서재를 나섰다.

혼자 남은 서재 안에서 태진은 거칠어진 호흡을 오래도록 가다듬었다. 그러고는 진정되기가 무섭게 한구석에 놓인 금고로 걸음을 옮겼다.

끼이익.

열린 금고 안에는 낡은 노트들이 첩첩이 쌓여 있었다. 대부분이 태진 자신의 미공개 습작이었다. 노트들 외에도 색바랜 사진이나 편지 등등, 가족들에게조차 꺼내놓기 어려운 추억들이 은밀히 담긴 금고였다.

금고 가장 깊숙한 곳으로 파고드는 태진의 손끝이 덜덜 떨렸다.

불과 몇 초에 지나지 않는 갈등의 시간이 억겁과도 같이 느껴졌다. 기어이 손가락 끝에 그것이 만져졌을 때, 태진은 숨이 턱 막히는 기분이었다.

'한 번만⋯⋯.'

기어코 태진은 그것을 금고에서 꺼내 들었다. 새끼손가락만 한 크기의 USB 메모리였다.

오래전 이 금고에 들어온 이후 최초의 외출이었다. 응급실로 이송된 친구의 갈비뼈가 전기 충격으로 하나둘씩 으스러지고 있던 그때, 태진은 이것을 손에 넣을 수 있었다.

드르륵!

책상 위의 핸드폰이 진동했다. 회사에서 일하고 있을 명석의 전화였다.

금고 문을 닫고 일어선 태진은 핸드폰을 거꾸로 뒤집었다. 지금은 장남과 통화할 자신이 나지 않았다.

153장
8월의 아이를 품에 안고

"아아…… 아…… 아으…….."

재건은 도저히 말을 이을 수가 없었다. 뜨거운 두부를 통째로 삼킨 것처럼 속이 콱 막혀서 목소리가 나오지 않았다. 두 눈에는 뜨거운 눈물이 그렁그렁 고이고 있었다.

"정말…… 수희야, 이거 정말이지…… 꿈이 아니지?"

침대에 누운 수희가 환한 미소로 답했다. 땀에 흥건히 젖은 머리칼 사이로 비치는 안색은 파리하기 그지없었다. 정말이지 생애 최고의 고통이었다. 이제 아픔은 가시고 넘치는 기쁨만이 남았다.

"진짜 고생했어. 고마워…… 정말 고마워…….."

"기쁘면 웃어야지 왜 울고 있어."

"기뻐서…… 너무 기뻐서…… 내가 지금……."

기어코 중력을 버티지 못한 눈물이 품에 안은 아기의 뺨에 똑 하고 떨어졌다.

재건은 당황해서 다급히 제 눈을 훔치고 사과했다.

"미안해, 은채야. 놀랐지?"

처음으로 딸의 이름을 불렀다.

몇 달 전부터 수희와 머리를 맞대고 함께 지은 이름이다. 아들이 태어났을 경우를 대비한 이름은 준비되어 있지 않았다. 재건은 그저 수희를 닮은 딸만을 줄기차게 바랐던 것이다.

"아빠가 잘못했다. 아빠가 지금 좀 이상해. 몸이 자꾸 덜덜 떨리고 눈물이 나오네. 웃어야 되는데 그게 잘 안 돼. 우리 딸이 아빠 이해 좀 해줘."

어느덧 수희도 손을 들어 젖은 눈가를 훔치고 있었다. 딸을 안고 기쁨을 주체하지 못하는 남편을 보니 덩달아 눈물이 나와 버리는 것이다.

출산 전에는 진통 때문에 응급실을 찾은 것만도 여러 번. 그것도 이제는 웃으면서 되짚을 수 있는 소중한 기억이 되었다.

"배 속에서는 그렇게나 이 엄마를 괴롭히더니. 나와서는 왜 그렇게 얌전하다니?"

"하하하, 그러게. 아, 우리 딸 왜 이렇게 예쁘지? 어떻게 이렇게까지 완벽한 미모를 갖출 수가 있는 거지? 수희야, 너랑 완전 꼭 닮았어."

"지금 애기 보고 날 닮았다는 게 보여?"

"어, 나한테는 또렷하게 보여. 진짜로 보인다고."

드르륵!

핸드폰이 울리며 재인의 전화가 걸려왔다. 재건은 딸을 수희의 옆에 눕히고 바로 핸드폰을 들었다.

"어, 누나."

─축하해, 하재건! 네가 아빠가 되는 날이 오다니! 이 누나는 아직도 믿어지지가 않는단다!

"나도 4주 전에 누나가 한 아이의 엄마가 되었을 때 뭔가 비현실적인 느낌이었어."

─또 까불고 있다. 누난 몸조리 중이라 움직이지도 못한다. 지금 엄마, 아빠가 나 대신 가고 계셔. 수희는 괜찮니?

"어, 괜찮아. 누나, 진짜 나 지금 이 기분을 뭐라고 형용해야 할지 모르겠는데 누나도 이랬어?"

─왜, 소설이나 드라마에서 아이 낳았을 때 주인공이 느끼는 그 기쁨이 뭔지 좀 알 것 같니?

"진짜 엄청나다고, 누나. 이건 마치…… 그래, 내가 지금까지 접한 모든 세계가 우리 은채 이 작은 몸에 송두리째 들어가 있는 것 같다고. 내가 곧 은채고 은채가 곧 나라고. 내 말 무슨 소린지 알겠어, 누나? 알겠지? 어? 이해되지?"

—얘 완전히 난리 났네, 난리 났어. 우리 하재건 이제 딸바보 돼서 글이나 제대로 쓰겠어?

8월 3일 17시 17분.

영화 '더 브레스'가 개봉되고 일주일이 흐른 한여름의 어느 하루였다.

8월의 아이를 품에 안은 재건은 더 이상 그 무엇도 바랄 것이 없었다.

"축하드려요, 형. 그렇게 딸이었으면 좋겠다고 하시더니 기어이 소원 이루셨네요."

"와, 이 손가락 좀 봐. 발가락 꼼지락거리는 거 봐. 귀여워 미친다. 재건이 형, 은채는 형수님 닮아서 엄청 예쁠 텐데 영화배우 시키시죠."

"그러게, 은채 클 즈음이면 도준이 형 완전 거물이 되어 있을 텐데. 도준이 형이 키워주시면 되겠네."

"아~ 거, 자식들. 시끄럽네. 양현경, 이연우 나가 있어. 하 작가님, 은채는 영화배우보다는 작가가 되는 게 좋을 것 같습니다. 분명 부모의 자질을 물려받았을 거거든요. 게다가 사모님이 좀 똑똑하십니까?"

"민호 형이야말로 나가. 아, 그냥 이제부터 남자들은 다

조용히 하세요, 쫓겨나기 싫으면."

작가 사무실의 식구들을 시작으로 축하가 계속되었다.

절친한 벗 정진과 도준, 채린과 유나도 C.Y 싱글 앨범 녹음 중 짬을 내어 선물을 사 들고 달려왔다.

래프북스의 태원과 웅성출판그룹의 명석도 퇴근하자마자 방문해 기쁨을 더해주었다. 그 외에도 친분 있던 수많은 사람의 발길과 선물이 끊일 줄을 모르고 이어졌다.

"어, 이건 문화부에서 보내온 건데요?"

"구청장이 보내온 것도 있어요."

날아드는 선물 상자가 빼곡하게 쌓이면서 병실은 창고를 방불케 하는 풍경을 자아냈다.

연우가 한 번 차에 가득 실어 집으로 옮겼지만 무소용이었다. 하루 반나절 만에 다시 그만큼의 선물이 쌓이는 것이다. 영양제건 고기건 유아용품이건 도저히 처치 곤란이어서 소용될 사람들에게 태반을 나눠 줘야 했다.


[딸 출산한 하재건 작가 미친 인맥, 월드 스타 박도준부터 이어지는 방문객들의 행렬 어마어마?]

[C.Y 채린과 유나, '녹음하다 말고 은채 보러 달려왔어요']

[박도준 SNS에 하재건 딸과 함께 찍은 사진 올려, '재건아, 미안하지만 오늘부터 은채 내 딸 하는 걸로']

영화 '더 브레스'로 시끄러운 인터넷에 재건의 딸 출산 뉴스가 더해졌다. 딸을 낳은 까닭에 과거 '원피스녀'로 이름을 날렸던 수희의 미모까지 재조명되고 있었다. 실시간 인기 검색어 1위는 하재건이 아니라 하은채였다.

사흘이 지나 산후 조리원으로 거처를 옮기게 된 날.

수희를 먼저 가족 편으로 보낸 뒤 남은 짐을 정리하던 재건은 다소 뜻밖의 손님을 맞이하게 되었다.

"예슬 씨……?"

"오랜만이에요, 오빠야."

푹 눌러쓰고 있었던 모자를 올리며 예슬이 히죽 웃어 보였다. 곁에 선 매니저는 가슴에 커다란 선물 상자를 안고서 허리 굽혀 인사하고 있었다.

"더 빨리 오고 싶었는데 죄송해요. 스케줄이 빠듯해서 좀처럼 시간이 안 났어요. 정말 축하드려요."

"이제라도 찾아와 줘서 고마워요. 드라마 때문에 많이 바빴을 텐데. 뉴스 봤는데 주인공 캐릭터랑 예슬 씨 잘 어울리던데요."

재건이 선물 상자를 받으며 화답했다.

예슬은 최근 인기리에 연재되는 로맨스 웹툰을 원작으로 한 드라마의 주인공으로 캐스팅되었다. 보이시한 인물에 맞춰 머리칼도 귀밑까지 짧아져 있었다.

"근데 어떡하나, 벌써 아내랑 아이는 먼저……."

"어쩔 수 없죠, 뭐. 늦은 사람이 잘못이지."

"커피라도 한잔할래요?"

"고맙습니다. 아, 제가 탈게요, 오빠."

매니저가 잠시 자리를 비워주고 두 사람은 마주 앉았다.

커피 한 모금을 홀짝이는 예슬은 초조했다. 할 말이 있어 찾아왔는데 목이 메었다. 재건도 시간이 여유롭지 못하다는 걸 알기에 그녀는 헛기침을 하고 입을 열었다.

"오빠야."

"네, 예슬 씨. 말해요."

"나 이제……."

예슬이 말끝을 흐리며 고개를 떨어뜨렸다. 겨우 말머리를 끄집어냈는데 쉽게 이어지질 않는다.

"나 이제…… 오빠야한테……."

고작 단 한마디 말이면 되는데.

이제 한 아이의 아빠도 되었으니 완전히 마음을 접겠다고, 그동안 정말 많이 고마웠다고, 평생토록 이 감사한 마음 잊지 않겠다고 말해주고 싶어서 찾아왔는데.

마치 목울대가 돌처럼 굳어버린 느낌이었다.

똑똑.

"하재건 선생님? 차가 와 있는데 전화를 안 받으신다

고……."

"아, 죄송합니다. 무음으로 돼 있었네요. 잠시 정리할 것이 있어서요. 주차장으로 제가 직접 갈 테니 주차장에 계시라고 전해주시겠습니까."

"네, 알겠습니다."

다시 문이 닫히고 예슬은 조바심으로 입술을 깨물었다.

그 어느 늦은 밤 술집에서처럼 느긋한 자리가 아니다. 이제 곧 재건은 아내와 딸을 만나러 바삐 나서야 한다.

"나 이제 오빠야한테……."

예슬이 천천히 고개를 들었다. 재건은 어쩐지 촉촉해진 그녀의 양 눈망울을 보았다.

"오빠야한테…… 예전에 드렸던 펜던트 받으려고요."

"……?!"

재건의 얼굴에 일순 놀라운 빛이 스쳐 갔다.

언젠가 예슬이 자신에게 맡겼던 펜던트가 뇌리에 떠올랐다. 펜던트 안에 박힌 어린 날의 예슬과 그녀의 어머니가 함께 찍은 사진도 눈앞에 생생했다.

"어머니 찾은 거예요?"

"네…… 그런 것 같아요."

"그런 것 같다니요. 찾으면 찾은 거지 찾은 것 같다는 표현은 뭐예요?"

"아니에요, 아무튼…… 찾았어요."

"어떻게 찾았어요? 어머니께서 연락을 해오신 거예요? 예슬 씨 TV에서 보시고?"

예슬이 씁쓸히 웃으며 고개를 가로저었다.

"팬 사인회나 그런 행사 있을 때마다 누군가 저를 지켜보고 있다는 느낌이 들었어요. 처음엔 단순한 착각인 줄 알았는데……."

"그런데 정말 어머니셨던 거예요?"

예슬이 대답하려는 찰나에 재건의 핸드폰이 다시금 빛을 뿜기 시작했다. 액정에 떠오른 수희의 이름을 보고 예슬은 앉아 있던 몸을 일으켰다.

"나중에 마저 말씀드릴게요. 오빠야 지금 너무 바쁘신데 시간 빼앗아서 죄송해요."

"중요한 얘기하던 중인데 나야말로 미안하네. 미리 전화라도 줬으면 좋았을 텐데. 그럼 제가 펜던트도 가져왔을 거고."

예슬은 대답 대신 시선을 내리깐 채 살포시 웃었다.

역시 이렇게나 여자의 마음을 모른다. 이렇게라도 한 번 더 만날 수 있는 빌미를 만들었다는 사실도.

"조만간 식사라도 한번 해요. 어머니 일은 정말 잘됐어요. 축하받아야 할 사람은 예슬 씨였네."

"고마워요, 오빠. 이제 얼른 가요. 이거 다 들고 가실 거죠? 저한테도 반 주세요."

주차장까지 함께 내려온 두 사람은 인사하고 각자의 방향으로 돌아섰다. 차에 타려다 말고 돌아선 예슬이 멀어지는 재건의 등에 대고 소리쳤다.

"오디션 볼 거예요!"

"……네?"

"지존록 다음 작품 오디션 볼 거라구요! 중국어 공부도 열심히 하고 있으니까 기대해 주세요! 혹시 알아요? 제가 바로 주연배우 발탁될지?"

"하하하, 알았어요. 기대하고 있을게요."

"잘 가요, 오빠!"

"그래요, 예슬 씨도 잘 가요."

차에 올라타자마자 예슬은 두 손바닥에 얼굴을 묻었다. 매니저는 소리 없이 흐느끼는 그녀를 위해 라디오에서 흘러나오던 음악 볼륨을 살짝 높여주었다.

그러자 갑자기 예슬이 고개를 홱 치켜들었다.

"왜 오바한데?"

"어? 아니요, 저는 그냥……."

"나 안 울거든요? 잠깐 생각하느라 그런 거라구요."

"죄송합니다. 다시 줄이겠습니다."

"후훗, 하여튼 우리 작은 오빠 착해."

예슬이 젖은 두 눈을 훔치며 웃었다.

삶에 있어 힘든 순간은 언제나 지금뿐이었다. 시동 걸린 차가 힘차게 달려 나가기 시작했다.

154장
다섯 개의 꿈

"4,000만 부!"

태원이 벌떡 일어서며 소리쳐 말했다. 사무실 안의 래프북스 전 직원이 그에게로 시선을 모았다.

"소설 더 브레스 드래곤 라이더 4,000만 부 돌파!"

함성과 박수갈채가 터지면서 사무실 안을 뒤흔들어 놓았다.

태원은 사무실의 한가운데로 걸어 나오면서 손에 쥔 핸드폰으로 L.A 타임스 뉴스를 계속 읽어 나갔다.

"북미 지역 영화 개봉 앞두고 판매량 급상승! 해리슨 포터의 아성마저 위협하는 더 브레스 드래곤 라이더의 인기 요인은 무엇인가. 정 대리님, 내 말 들었어요? 비교 대상이 해리슨 포터라고. 지금 더 브레스가 해리슨 포터의 아성을 위협한다고 기사가 났어요."

"진정하세요, 대표님. 너무 흥분하셨어요."

말은 그렇게 받으면서도 소미 역시 한껏 들떠 있었다. 소미가 소설에 그려 넣은 삽화도 인기가 상당했다. 구글을 통해 '더 브레스'를 검색하면 수두룩하게 쏟아져 나오는 것이 그녀의 그림들이었다.

"정말 이렇게까지 대박이 나다니 경이로워요, 이건."

소미의 경이롭다는 표현은 과장이 아니었다.

북미 지역을 제외하고 30여 국에서 선 개봉된 '더 브레스-드래곤 라이더'의 첫 주 수입은 무려 2억 840만 달러. 한화로 2,000억 원을 가뿐히 넘어서는 거액이다. 심지어 아직 북미를 비롯해 멕시코, 스페인, 중국 등 대형 시장에서는 개봉하지도 않은 상태인 것이다.

"현대지존록 관객 스코어 어떻게 되지?"

"지금 1,650만 명이요. 더 브레스도 이만큼 흥행할까?"

"난 그보다 현대지존록이든 더 브레스든 명량해전을 이길 수 있을까가 더 궁금한데."

한 직원이 불쑥 말을 꺼냈다.

'명량해전'은 한국 영화 흥행 역대 1위를 찍은 작품이다. 누적 관객 수는 무려 1,760만 명 남짓. 장기 상영에 돌입한

'현대지존록'도 아직 그 아성을 깨지는 못했다.

"아무튼 대표님, 오늘 회식 한 번 안 하십니까?"

"회식은 당연히 해야 하는 거 아닙니까? 뭘 굳이 거론할 필요까지야. 오늘 참치로 달릴까요?"

아까보다 두 배는 더 큰 환호가 사무실을 쩌렁쩌렁 울렸다.

재건의 눈부신 성공은 래프북스의 번창으로도 착실하게 이어지고 있었다. 직원의 수도 어느덧 수십 명이다. 그래서 태원은 아예 사택을 지으려고 적당한 부지를 알아보는 중이었다.

띠리리리링!

"네, 래프북스 정소미입니다. 네? 아…… 안녕하세요, 대표님. 네, 저 그 정소미 맞습니다."

소미가 난처한 표정으로 전화를 받으며 태원을 돌아보았다. 태원은 이미 전화를 걸어온 상대가 누구인지 알아차리고 있었다. 그가 손을 뻗었고 소미는 전화기를 넘겨주었다.

"안녕하세요, 저 태원입니다."

─오랜만이야, 요즘 아주 사업이 번창하고 있더구만.

"감사합니다. 대표님 밑에서 오래 잘 배운 덕택입니다."

─허허, 그렇게 말해주니 기분이 나쁘진 않은데.

느릿하게 웃음을 터뜨리는 상대는 스타북스 대표 재국이었다. 아들의 횡령 사건으로 한참이나 몸살을 앓았을 그의 고통이 태원에게도 전해져 오는 듯했다.

　―해태미디어 대표는 부도내고 잠적했더군.

　"네, 안 그래도 엊그제 들었습니다."

　태원이 창가 쪽으로 자리를 옮기며 대답했다. 사실 그는 누구보다도 먼저 해태미디어의 붕괴를 짐작한 바였다. 이유는 간단했다. 지난주에 갑자기 해태미디어의 마종구 실장이 입사 지원서를 보내왔던 까닭이다. 물론 태원은 반도 채 읽지 않고 그 메일을 휴지통으로 옮겼다.

　―나는 해태미디어처럼 부도내고 튈 생각이 없네.

　"하하하, 대표님도 무슨 그런 말씀을 하세요."

　―농담이고, 실은 자네한테 부탁이 하나 있어서 전화했어.

　"말씀하세요. 해드릴 수 있는 것이라면 해드리겠습니다."

　한 줄기 한숨의 간격 너머로 재국의 말이 이어졌다.

　―우리 스타북스 작가님들 작품 좀 래프북스에서 맡아줘.

　"아……."

　―이제 나도 지치고 기력도 쇠해서 다 정리하고 쉬고 싶네. 사실 만나서 술 한잔 나누며 이야기해야 할 것인데, 자네가 무척 바쁠 것 같아서 이리 전화로 말하는 것 이해해 주게.

　"아닙니다, 대표님. 그런 말씀은 마세요."

　분명히 래프북스에 이득이 되는 제안을 받았으면서도 태원의 마음은 착잡하기만 했다.

천천히 올라간 그의 시선이 말간 하늘로 가 닿았다.

새하얀 구름처럼 모든 것이 순리대로 흘러간다.


## BIG LIFE


"오늘도 글 안 써? 아직 원고 안 끝났다면서?"

"아까 아침에 다 썼어."

"아침에 언제? 계속 은채랑 같이 있었잖아."

"아니, 아침이 아니라 새벽. 너 자고 있을 때."

"나 일어났을 때 당신도 은채 옆에서 자고 있었잖아."

"그러니까 그게, 내가 새벽에 쓰다가 자기 일어나기 직전에 또 잠이 들어버렸던 거지."

재건이 수희의 눈치를 힐끔 살피고는 아예 은채 쪽으로 돌아앉았다.

거짓말을 쥐어짜 내는 건 역시 보통 고역이 아니었다. 수희는 쿡쿡 웃었을 뿐 더 묻지 않고 빨래를 개러 사라졌다.

"우리 공주님 빨리 무릎에 앉혀놓을 수 있을 만큼 커야 할 텐데. 그럼 아빠가 글 쓰면서도 은채 계속 볼 수 있을 텐데."

재건은 딸에게 완전히 빠져 있었다.

수희가 손끝 하나 댈 틈조차 없을 정도였다. 모유 수유를 할 때를 제외하고는 하나부터 열까지 모든 일을 재건이 도맡았다. 이런 판국이니 글을 쓸 시간이 남아날 리 없었다.

"은채야, 요즘 아빠 은채 자고 나면 동화책 읽는다. 아니, 나이 서른 넘은 아저씨가 왜 동화책을 읽느냐고? 후후후, 알고 싶어? 정 알고 싶다면 가르쳐 드리지. 네가 자라서 한글을 배우면 아빠의 동화책을 선물해 주고 싶어서야. 하하하하하."

"저거 중중이네, 어? 수희야, 재건이 쟤 중중이다."

소파에 앉아 있던 명자가 기막혀 하며 혀를 내둘렀다. 손녀를 보고 싶어 간만에 찾아왔는데 아직 제대로 안아보지도 못했다.

"재건아, 은채 그만 나한테 맡기고 너 제발 글 좀 쓰러 가. 아니면 어디 도준이나 정진이라도 만나러 놀러 나가라. 날씨 좋은데 뭐 하니?"

재건은 명자의 말을 못 들은 척 은채의 배에 코를 박고 킥킥거리기에 여념이 없었다. 핸드폰이 울리지 않았다면 한참 동안 그러고 있었을 것이다.

"아, 편집장님. 아니, 죄송해요. 대표님."

─하하, 그냥 편집장으로 불러주셔도 괜찮다니까요.

"이게 또 입에 익기까지 시간이 걸리네요. 어쩐 일이세요?"

─그게 말입니다. 저기, 하 선생님께 한 번 더 부탁을 드리고 싶어서요. 저희 아버지께서……

명석이 말끝을 흐리는 것만 듣고도 재건은 알 것 같았다. 태진의 원고를 읽어봐 달라고 부탁하려는 것이다. 어쩌면 이미 메일까지 보내왔으리라. 노트북 전원을 켜면서 재건은 대꾸했다.

"회장님 소설 말씀하시는 거죠?"

─네, 아버지께서 항상 그러셨듯이 이번에도 하 선생님의 감상을 꼭 듣고 싶다고 하셔서요. 혹시 여유로우시면…….

"요즘 은채랑 놀아주는 것 말고는 하는 일도 없습니다. 메일 보내주시면 바로 읽어보겠습니다."

─마침 지금 보내려던 참이었습니다. 바로 발송하겠습니다.

"혹시 대표님도 읽어보셨어요?"

─저도 이제 막 회사에서 받아서 아직입니다.

"알겠습니다. 읽어보고 연락드리겠습니다."

전화를 끊고 난 재건은 메일함에 접속했다. 명석의 아이디로 보내온 메일 안에는 '다섯 개의 꿈'이라는 제목의 문서 파일이 첨부되어 있었다. 재건은 즉시 파일을 클릭하고 읽기 시작했다. 글을 쓴 태진에게는 미안한 일이지만 빨리 읽고 은채와 놀아주고 싶어 서건우의 뿔테 안경까지 착용했다.

그리고 잠시 후.

"……!"

재건은 안색이 창백해져 뿔테 안경을 도로 벗었다.

놀란 숨을 한껏 빨아들인 가슴이 팽창하고 있었다.


"아이구, 우리 은채. 이 할미가 이제야 안아보네."

명자의 너스레에 대꾸할 여유도 없었다. 재건은 오로지 화면 속의 원고만을 뚫어져라 노려보고 있었다.

마음을 뒤흔드는 자극과 흥분.

이것이 정녕 태진이 쓴 소설이란 말인가.

"재건이 어디 가니?"

"잠깐 읽어야 할 글이 있어서요. 방에 좀 다녀오겠습니다."

아들의 글을 향한 애착을 잘 알기에 명자는 더 묻지 않았다.

재건은 한달음에 자신의 서재로 들어가 문을 굳게 닫았다. 아까부터 서재 창틀에 있었던 리카가 쪼르르 내려와 다가왔다.

"야옹."

"리카, 잠깐만. 글 좀 마저 읽고 놀아줄게."

재건은 무릎으로 올라온 리카를 한 손으로 쓰다듬으며 노트북 전원을 켰다. 그리고 태진의 원고 파일을 화면에 불러들였다.

'다섯 개의 꿈'은 1970년대를 배경으로 삼은 일종의 성장소설이었다.

주인공은 14살의 소년 다섯 명.

다들 가난한 집안에서 태어나 어릴 때부터 곧잘 어울려 온 단짝들이다. 이 다섯은 학교의 아름다운 여선생을 남몰래 좋아하는 공통분모를 지니고 있다.

더불어 다섯 소년에게는 제목과 같이 각자의 꿈이 있다.

A는 통기타 가수, B는 육상 선수, C는 바둑기사, D는 작가.

마지막으로 E는 당혹스럽게도 사기꾼이 꿈이다. 평소 거짓말을 밥 먹듯이 하는 성격으로 곧잘 주변 사람들을 속여 이익을 취한다. 사기죄로 복역 중인 제 아버지를 비난하면서도 그 능글맞은 기질을 얼마간 물려받은 셈이다.

어느 여름날.

동네에서 놀고 있던 이들 다섯에게 청천벽력과도 같은 소식이 날아든다. 그토록 좋아하는 여선생이 폐결핵으로 몸져눕고 만 것이다.

마땅히 치료할 대책도 없던 시절.

다섯 소년은 우연히 여선생이 사모한다는 남자에 관한 정보를 입수하게 된다. 기어이 방학을 틈타 몇 없는 정보만을 가지고 서울을 떠난다. 부산에 사는 남자를 데려와 죽어가는 여선생과 만나게 해주기 위해서.

하지만 부산까지 반의반도 가지 못해 여비가 바닥이 나버린다.

다섯 소년은 저마다의 다듬어지지 못한 재능을 활용해 어떻게든 여행을 이어가려고 애쓴다.

하나 현실은 녹록하지 못하다.

A는 하루 종일 통기타를 연주하며 구걸해 모은 돈을 건달들에게 빼앗긴다.

육상선수가 꿈인 B는 건달들로부터 빼앗겼던 돈을 재차 훔쳐 도망치다 경찰에게 붙잡힌다.

C는 내기 바둑이라도 두려고 기원에 찾아들었다가 어리다는 이유로 문지방도 못 넘고 쫓겨난다.

결국 붙잡힌 B 때문에 파출소에 모인 다섯 소년.

연락을 받고 달려온 부모님들 앞에서 소년들은 이 여행의 목적을 털어놓게 된다.

사연을 듣고 난 파출소장은 어이없어하면서도 아주 간단히 남자의 신원을 찾아준다. 하지만 여선생이 사모하는 부산의 그 남자는 이미 죽은 사람이었다.


똑!

무릎에 웅크리고 있던 리카가 고개를 홱 치켜들었다. 재건이 흘린 한 방울의 눈물이 리카의 콧잔등 사이를 적시고 있었다.

"하아……!"

벌어진 입에서 숨소리가 잘게 부서져 나왔다. 재건은 읽기를 잠시 멈추고 찡해져 오는 콧등을 붙잡았다. 여물지 않은 다섯 청춘의 구슬픈 몸살을 가슴 깊이 공감하며 그는 한참이나 눈시울을 적셨다.

"이 소설 대단하다, 리카."

"야옹?"

"회장님 다시 봤어. 이렇게 좋은 글을 쓰시다니……. 일단 마저 읽어야지."

## BIG LIFE

재건은 울음을 삼키고 나머지 분량을 마저 읽었다. 이윽고 마지막 마침표까지 두 눈에 담고 난 그는 긴 한숨을 내뿜으며 책상 위로 몸을 엎드렸다.

'굉장하다…….'

부푼 가슴속에서 탄성이 멈출 줄을 몰랐다.

독자로서의 기쁨이 지나가자 다시금 작가로서의 충격이 재건을 휘감고 있었다. 불과 몇 달 사이에 어떻게 이다지도 글의 색채가 달라질 수 있을까.

다섯 명의 화자가 바라보는 세상, 더불어 그들의 심상을 표현해 내는 문장의 격 자체가 달라진 느낌이었다. 어쩌면 태진이 오래전부터 소중히 다듬어 온 글일지도 모르겠다는 생각도 들었다.

드르륵!

핸드폰이 울리며 도준으로부터 전화가 걸려왔다.

재건은 헛기침으로 목소리를 가다듬고 핸드폰을 들었다.

"어, 도준아."

－목소리가 왜 그렇게 잠겼어? 감기야?

"아니."

－아니면 뭔데?

재건이 망설인 끝에 조금 멋쩍은 듯이 말을 이었다.

"그게…… 소설을 좀 읽고 있었는데 후유증이라고 해야 되나. 너무 좋은 작품이어서 정신이 조금 어질어질하다."

－하재건이 그렇게 감탄할 정도면 얼마나 좋은 글이라는 거야? 나까지 궁금해지는데. 누가 쓴 소설이야?

"그건 내가 나중에 말해줄게."

－비싸게 구시네, 또. 아무튼 저녁 늦지 말고.

"저녁? 아, 맞아. 그래, 오늘 저녁 먹기로 했지."

－또 완전히 잊고 있었던 것 봐라, 어휴. 야, 재건아. 나 태봉이 형이 노려본다. 지금 CF 때문에 스튜디오거든. 이따 보자.

"그래, 일 보고 이따 만나."

전화를 끊고 난 재건은 핸드폰을 내려놓지 않고 메시지를 보냈다. 수신인은 명석이었다. 글은 잘 읽었으니 퇴근 후에 연락을 달라는 내용이었다. 그런데 메시지를 보내고 1분이 채 되지 않아 전화가 걸려왔다.

"네, 오 대표님."

─궁금해서 바로 전화드렸습니다. 어떠셨습니까?

"엄청 감동했습니다."

재건의 목소리는 가시지 않은 흥분으로 들떠 있었다.

"문장이든, 전개든, 소설적인 재미든 전부 제 주제로 지적할 곳은 찾아보지 못했습니다. 지적은커녕 제가 배워야 할 요소가 넘쳐 나는 작품이었어요. 충격도 많이 받았고 읽다가 감동해서 엉엉 울기까지 했습니다. 회장님 대단하십니다."

재건이 연달아 진심 어린 감상을 빠르게 이어 나갔다. 도무지 명석은 끼어들 여지도 없었다.

"다섯 소년의 소설적인 활용도 너무 맘에 들었습니다. 여선생이 사모하는 그 남자는 사고로 이미 죽은 상황이었지만 소년들은 포기하지 않잖아요. 읽어보셨죠?"

─네, 저도 다 읽어보았습니다. 사기꾼이 꿈인 소년의 말대로 남자가 죽은 사실을 숨기기로 계획하게 되죠. 난생처음으로 한 선의의 거짓말이지요.

"네네, 그래서 작가가 꿈인 소년이 그 죽은 남자가 쓴 것처럼 여선생을 위한 편지를 쓰고요. 여선생은 편지에 오롯이 담긴 자신을 향한 사랑을 느끼며 행복하게 죽음을 맞이하죠."

재건은 뇌리에 생생히 담긴 결말부를 음미하며 지그시 웃었다.

"여선생이 남기고 간 미소를 통해 진정 빛을 발하게 된 다섯 소년의 꿈이…… 진짜 그 부분 묘사가 너무나도 좋았습니다. 좋은 글 읽게 해주셔서 고맙습니다, 대표님."

ㅡ하 선생님의 감상을 전해드리면 제 아버지가 무척 기뻐하실 것 같습니다.

"아니요, 제가 감상문을 직접 작성할 겁니다. 아, 그런데……!"

재건이 뒤늦게 한 가지 느꼈던 바를 떠올리고 목소리를 높였다.

"지적할 부분이 한 군데는 있었네요. 첨성대랑 안압지는 경주에 있는 문화재 아닌가요?"

ㅡ네, 그렇죠. 한데 갑자기 그런 말씀은 왜…….

재건이 '다섯 개의 꿈' 원고를 다시 훑어보며 말을 이어 갔다.

"별로 중요한 장면은 아닌데요. 초반에 다섯 소년이 부산으로 내려가면서 자기들끼리 대화하는 장면이요. 가면 뭐 구경할 거 있나 하고 얘기하는 부분에서 첨성대랑 안압지를 거론하더라고요."

–……?!

"여보세요? 오 대표님?"

–아, 죄송합니다…… 듣고 있었습니다, 네.

명석의 대답이 뒤늦게 전파를 가르고 되돌아왔다. 문득 재건은 석연찮은 기분이 들었다. 그리고 보니 통화하는 내내 명석의 목소리가 왠지 가라앉아 있었던 듯했다. 자신의 아버지인 태진의 작품을 극찬하고 있는데도 썩 달가워하는 분위기가 아닌 것이다.

–양질의 감상 들려주셔서 정말 고맙습니다, 하 선생님…….

한없이 작아진 명석의 목소리가 꿈결처럼 아득하게 느껴졌다.

대체 무슨 일일까.

명석은 급한 업무가 생겼다는 말과 함께 통화를 끝냈고, 재건은 해답을 얻지 못했다.


BIG LIFE


똑똑.

"어, 들어와."

문이 열리고 명석이 서재로 들어섰다. 등을 보인 채 타자를 두드리고 있던 태진은 풍겨오는 술 냄새를 맡고 돌아보았다.

"술 한잔했니?"

"네, 아버지. 들어오는 길에 혼자서 한잔했습니다."

"혼자서? 뭐 업무 때문에 스트레스라도 받은 게냐?"

몸을 일으킨 태진이 근심 어린 표정으로 물었다.

명석은 고개를 좌우로 크게 가로저으며 큰 한숨을 내뿜었다.

"아니요, 업무 때문이 아닙니다."

"그럼?"

"아버지의 소설 때문이에요."

의아함 가득 담긴 태진의 두 눈이 한껏 가늘어졌다.

명석은 한 손에 들고 있던 서류 뭉치를 가슴 앞까지 들어 보였다. 태진의 소설 '다섯 개의 꿈' 원고였다.

"아버지……."

"뭐냐, 말을 해야지."

"아니었습니다……."

"아니었다니? 대체 이게 무슨 엉뚱한 소리냐?"

명석이 안경을 벗고 양쪽 관자놀이를 손가락으로 꾹꾹 눌렀다. 한눈에도 몹시 괴로운 기색으로 비틀거린 끝에 그는 꾹 다물고 있던 입술을 천천히 뗐다.

"이건 아버지의 글이…… 아니었다는 얘깁니다."

"……?!"

태진이 두 눈을 부릅떴다. 호흡마저 잊어버린 그의 목 언저리로는 핏발이 서고 있었다.

"그게 무, 무슨……."

"저는 알 수 있습니다, 아버지. 제가 평생 가장 유능한 아버지의 편집자였습니다. 아버지의 모든 작품을 수십 번씩 읽었습니다. 그러니까……."

명석이 말을 잇지 못하고 고개를 떨어뜨렸다. '다섯 개의 꿈'을 읽고서야 확실히 깨달았다. 노년에 접어든 지금까지 아버지를 괴롭혔던 저열한 감정. 반복되는 악몽 속에서 두 손을 허우적거리게 만들던 그 감정은 열등감이었다.

"제발 저에게만은…… 솔직히 말씀해 주세요."

"무슨…… 무슨 소릴 하는 거냐!"

태진이 버럭 언성을 높였다. 한 손은 이미 등 뒤의 책상을 짚고 있었다. 그러지 않고서야 무너지는 몸을 지탱할 수가 없었던 것이다.

"내가 지금…… 내가 지금 남의 글을 베끼기라도 했다고? 그런 말을 하고 싶은 거냐?!"

"그 점을 아버지께서 직접 말씀해 주셨으면 합니다."

콰앙!

태진이 바로 곁의 책장 측면을 주먹으로 후려쳤다. 충격으로 흔들린 책장이 몇 권의 책을 후드득 뱉어냈다.

"어떻게 네가……! 그것도 장남이 네가 나에게 이딴 소릴!"

"아버지……!"

"부자 관계를 떠나 한 사람의 문인 대 문인으로서 어떻게 이토록 모욕적인 말을……! 아무렇지도 않게 애비한테 지껄인단 말이냐!"

"저도 굉장히 고심했습니다……! 오죽하면 온건한 정신으로는 자신이 없어서 제가 혼자 술을 마셨겠습니까?!"

명석이 한 걸음 다가서며 거친 어조로 말을 이었다.

"제가 질문을 고치겠습니다! 아버지에게 영감을 준 그것이 무엇인지만이라도 말씀해 주세요! 이건 아버지 혼자서 완성하신 글이 아닙니다!"

"이 녀석이 그래도!"

"다섯 개의 꿈만이 아니라 전작 마지막 여행에서 느껴졌던 그 이질감도 오늘 설명해 주셔야 합니다!"

"뭐, 뭐……?!"

즉시 태진의 안색이 영안실의 시신처럼 푸르뎅뎅해졌다. 물 잃은 붕어처럼 입술만 뻐끔거리는 그를 명석이 폭풍우처럼 몰아붙였다.

"다섯 개의 꿈까지 읽고 나서 확실히 깨달았습니다. 아버지는 제게 몇 년 동안 준비한 글이라고 하셨지만, 아니요. 아버지는 그러실 분이 아니에요. 이런 작품의 초고를 진즉에 완성하셨다면 저에게 벌써 보여주시고도 남았겠지요."

"그, 그건 이번 작품은 심혈을 기울여……."

숨을 헐떡이며 시도하는 태진의 변명은 씨알조차 먹히지 않았다.

예의 바른 장남은 난생처음으로 아버지의 말을 듣지도 않고 끊어버리고 있었다.

"게다가 첨성대와 안압지 말입니다."

"……?!"

"부산으로 내려가는 다섯 소년이 왜 경주에 있는 문화재들에 대해 이야기하지요? 아버지가 이런 부분을 착각하셨을 리 없습니다. 미처 퇴고하시지 못해 누락된 부분이겠지요. 즉, 이건……!"

명석이 결론을 내기에 앞서 호흡을 골랐다.

태진은 자신의 두 귀를 틀어막고 싶었다.

"목적지가 경주에서 부산으로 바뀐 겁니다."

"며, 명석아……!"

"다섯 개의 꿈 원본의 목적지는 부산이 아니라 경주였을 겁니다. 아버지는 무슨 이유 때문인지 경주를 부산으로 바꾸셨어요. 그리고 경주에 관해 묘사한 지문들도 대폭 삭제하셨을 겁니다. 결말부에 다다르면서 급속도로 속도감이 빨라지는 건 이 때문이겠지요."

명석의 손아귀에서 '다섯 개의 꿈' 원고가 구겨지고 있었다. 눈도 제대로 마주치지 못하는 태진을 응시하며 그는 나직이 덧붙였다.

"세상에 들켜선 안 될 부분이 있었던 겁니다."

"시끄러워!"

태진이 바닥에 깔린 카펫에 대고 고함을 내질렀다.

"내가 쓴 거야! 내가 쓴 소설이라고!"

"아버지는 뛰어난 기업인이셨고 그 명예로운 이름을 널리 남기셨어요. 은퇴를 선언하신 그 순간까지도 아버지는 너무도 눈부시도록 멋진 분이셨습니다. 얼마나 많은 박수갈채를 받으셨습니까. 그러니까 제발……."

명석의 두 눈에서 뜨거운 눈물이 왈칵 흘러내렸다.

"그 화려한 모습으로 남아주십시오. 저를 포함한 수많은 사람의 기억 속에서요."

"당장…… 당장 썩 나가거라! 내 서재에서 나가!"

소란이 커지자 밖에서 망설이던 태진의 아내가 결국 들어왔다.

그녀의 손에 끌려 나가면서도 명석은 눈물을 멈추지 못했다. 절정의 부와 명예를 이뤄냈으면서도 갖지 못한 하나 때문에 고통스러워하는 아버지가 가여워서.

"진실을 말하라니! 그래, 내가 썼다는 사실만이 진실이다! 내가 남의 글을 베꼈다고? 아들이라서 안다느니 되지도 않는 소리 하지 말고 증거를 가져와! 이건 내 글이고 반드시 출간될 거니까 그리 알아! 너에게 물려준 웅성의 도움도 필요하지 않다!"

복도 너머로 멀어지는 명석을 향해 태진의 악에 받친 쇳소리는 계속되었다.

저마다의 이유야 어쨌건 그날 밤은 두 부자 모두에게 몹시 길고도 지난한 시간이었다.

155장
책임감이 생겨

경기도 파주에 위치한 출판사 문학여행 사옥.

50대의 대표 이영식은 한없이 진지한 표정으로 TV를 바라보고 있었다. 생방송으로 진행되는 연예가 뉴스였다.

[더 브레스 관객 수가 1,800만 명을 넘어섰습니다. 한국 영화 역대 흥행 순위 1위 자리가 확정된 순간인데요. 현 기자님, 해외 성적이나 반응은 어떻습니까?]

[네, 여전히 폭발력이 굉장합니다. 북미에서는 약 4,200개 극장에서 개봉된 첫날 무려 8,000만 달러 이상을 벌어들이면서 데일리 차트 1위를 찍었지 않습니까.]

[기세가 계속 유지되고 있다는 말씀이시죠?]

[그렇습니다. 북미서 2주 연속 1위를 하더니 기어이 3주 만에 전 세계에서 10억 달러를 벌어들였거든요? 이미 전 세계 역대 흥행 순위 10위권 내에 진입했고요.]

[전 세계 말씀이시죠, 현 기자님?]

[하하, 네. 전 세계요.]

똑똑.

"네, 들어오세요."

문이 열리며 편집장이 다소곳이 들어왔다. 점심시간이 되었음을 말하려는 그에게 영식이 먼저 말했다.

"5분만 기다리게. 나 이것만 마저 보고."

"알겠습니다, 대표님."

[……현재로서는 전 세계 5위까지는 무난하게 치고 오를 수 있을 거라 예상되고요. 이 페이스가 조금 더 유지된다면 3위의 자리까지도 올라가는 게 가능해 보입니다.]

[3위라니 엄청납니다. 현재 전 세계 역대 흥행 3위의 자리는 어떤 작품이 차지하고 있습니까?]

[해리슨 포터와 죽음의 성배 2부죠. 한국은 물론이고 세계적으로 엄청나게 흥행한 작품이고 누적 수익은 13억 3,000만 달러가량 됩니다.]

[더 브레스가 해리슨 포터 시리즈의 아성을 뛰어넘을 수도 있겠다는 뉴스가 많이 나왔었는데요. 이제 보니 마냥 허언이 아니라는 말씀이시네요?]

　　[그렇지요, 1위인 아바타, 그리고 2위인 타이타닉은 어렵겠지만 제 개인적으로 3위까지는 어렵지 않게 올라갈 수 있지 않을까 점치고 있습니다.]


　　"우리 편집장은 어떻게 생각해?"

　　영식이 TV를 손가락으로 가리키며 물었다. 편집장은 질문의 요지를 알아듣지 못하고 고개를 살짝 갸웃거렸다.

　　"더 브레스 말이야. 원작 소설이 엄청나게 팔렸다지?"

　　"아, 네. 영화가 개봉되면서 판매량에 더 불이 붙었답니다. 뉴스 보니 지난주에 5,000만 부를 넘겼다고 하던데요."

　　영식이 고개를 끄덕이며 자리에서 일어섰다. 옷걸이의 카디건을 집으며 그는 말을 이었다.

　　"우리 문학여행도 이제 문단 문학만 다룰 계제가 아닌 것 같어. 지난 분기도 적자고 말이야."

　　"장르 문학 레이블을 하나 만드시겠다는 말씀이십니까?"

　　"편집장 생각은 어때?"

　　"저는 적극적으로 찬성입니다. 문학을 바라보는 독자들의 세태가 불과 몇 년 사이에 확연히 달라진 느낌이거든요."

영식과 편집장은 나란히 대표실을 나섰다.

점심으로 무엇을 먹을까 대화가 이어지는 사이, 영식의 주머니 속에서 핸드폰이 울렸다. 액정에 뜬 태진의 이름을 보자마자 그는 소스라치게 놀라 몸을 떨었다.

"아이고, 회장님 아니십니까! 안녕하셨습니까!"

─전 회장이지. 별고 없었나? 목소리는 기운차군.

"아무런 탈 없이 잘 지내고 있습니다. 이 모든 것이 회장님께서 각별하게 돌봐주신 덕분입니다."

영식은 태진이 눈앞에 서 있기라도 한 것처럼 연신 고개를 조아리며 대답하고 있었다. 실제로 평생의 은인과도 같은 사람이었다.

─갑작스레 전화해서 미안하네만, 내 긴히 할 얘기가 있어서 그러니 조만간 식사라도 한번 어떻겠는가?

"저는 언제든지 상관없습니다, 회장님. 당장 오늘 저녁, 아니, 지금 만나자고 말씀하셔도 바로 달려갈 수 있습니다."

─허허, 이 사람 변함없기는. 그럼 정말 지금 당장 만나서 나랑 점심 한 끼 할 텐가? 사실 나도 마음이 조금 급해서 말일세. 부담스럽게 미안하네.

"제발 그런 말씀은 말아주십시오, 회장님. 서울 안이시라면 어디든 1시간 내로 달려가겠습니다."

전화를 끊은 영식은 부리나케 기사를 데리고 차에 올라탔다. 입가에는 소년처럼 환한 웃음이 잔뜩 어려 있었다. 그만큼 태진은 그가 평생에 걸쳐 존경해 온 위대한 인물이었다.

"은퇴하시고 나서 처음 뵙게 되는군."

영식의 혼잣말에 운전기사가 말을 받았다.

"오태진 회장님 말씀이십니까?"

"응, 그래. 목소리를 들으니 여전히 건강하신 것 같아 다행스러워."

영식은 웃으며 뒷머리를 좌석에 기댔다.

그는 웅성그룹 초창기부터 20년 이상을 태진의 밑에서 일했다. 그런 끝에 독립하여 지금은 자신만의 출판사인 문학여행을 경영하고 있는 터였다.

"참 대단한 분이셨지. 그 어떤 직원도 차별하신 적이 없었어. 사람 됨됨이와 능력을 중요하게 여기셨고 모두에게 공정하게 대우하셨지. 본받고 배워야 할 점이 정말 많은 분이셔."

"외람된 말씀이지만, 저는 대표님을 뵐 때마다 그런 생각을 합니다."

"허허, 이 사람. 아첨해도 뭐 나올 거 없어. 아차, 가기 전에 백화점 좀 빠르게 들르지. 회장님 홍삼 좋아하시는데 그거라도 하나 사 들고 가야겠어."

"네, 대표님."

달리는 차가 속도를 높였다. 그리고 영식의 핸드폰으로 한 통의 메시지가 날아들었다.

첨부된 원고 파일 이름은 '다섯 개의 꿈'이었다.

## BIG LIFE

"죄송합니다, 회장님. 저는 눈물을 모르는 사람인데……."

영식이 다급히 제 얼굴을 훔치며 사죄했다. 손은 태진으로부터 건네받은 '다섯 개의 꿈' 원고를 쥐고 있었다. 오는 길부터 읽기 시작해 이제 마지막 장을 넘긴 참이었다.

"그래, 어떤가?"

복어 요리를 가운데 놓고 마주 앉은 태진이 물었다. 영식은 결연함마저 엿보이는 표정으로 확고히 대답했다.

"제 개인적으로는 최근 10년간 출간된 그 어떤 한국의 소설보다도 최고입니다. 아니, 10년이 아니라 20년, 30년 이상입니다."

"그렇게 좋게 보았나?"

"좋은 정도가 아닙니다."

영식이 숨 돌릴 틈도 없이 극찬을 이어갔다.

"회장님의 모든 작품을 감명 깊게 읽었지만 다섯 개의 꿈은 품격 자체가 다릅니다. 회장님의 문학적 성취가 절정에 다다르셨다는 느낌마저 받았습니다. 정말 대단한 소설입니다. 엄청납니다. 이런 좋은 글을 출간도 되기 전에 읽게 돼서 영광스럽습니다."

"허허허……."

태진이 어딘지 모르게 씁쓸한 기색으로 웃었다. 실제로 그는 복잡한 심경일 수밖에 없었다. 하나 거기에 숨겨진 사연을 모르는 영식으로서는 어리둥절했다.

"회장님? 혹시 제가 뭔가 실수라도……."

"아니, 아닐세. 정말 고맙네."

태진이 일시에 환하게 웃으며 분위기를 전환했다.

곧이어 그는 상 위로 팔을 뻗어 영식의 어깨를 다독이며 덧붙였다.

"잘 부탁하네."

"네? 회장님, 무슨 말씀이신지요?"

"다섯 개의 꿈 잘 부탁한다고. 자네, 출판사 사장이잖아."

"네에에~?!"

기겁한 영식이 무심코 목소리를 높였다. 식당 곳곳에 앉아 있던 손님들이 그에게로 시선을 모으고 있었다.

"죄, 죄송합니다. 회장님, 갑자기 너무 놀라서……! 지금 제가 회장님 말씀을 잘못 들은 게 아, 아니지요?"

"이 사람 참, 반주로 두 잔 하더니 벌써 취했는가?"

"그, 그게 아니라……! 저는 당연히 회장님의 작품이고 웅성에서 출간되리라 생각하고 있었습니다! 그런데 제게……
제게 이 작품을 맡겨주신다는 게……!"

흥분한 영식의 목소리가 더없이 떨리고 있었다.

태진이 술병을 들었고, 그는 즉시 두 손을 내밀어 정중히
잔을 받았다.

"자네한테 꼭 한 번은 내 작품을 맡기고 싶었지. 자네만큼
내 글줄을 높이 평가해 준 독자가 또 어디 있겠나."

"회장님……!"

영식의 두 눈에 뜨거운 감격의 눈물이 고였다.

"당장 오늘부터 편집 들어가겠습니다! 당연히 제가 직접
맡을 겁니다. 문학여행의 모든 힘을 쏟아 넣겠습니다. 절대
실망하시는 일 없도록 만전을 기하겠습니다!"

"좀 팔려야 내 자네 앞에서 체면이 설 텐데 말이야."

"무슨 말씀이십니까? 마케팅 없이도 베스트셀러는 떼 놓
은 당상입니다! 다섯 개의 꿈은 걸작입니다, 회장님!"

"고맙네. 이제 건배나 하세."

두 사람의 술잔이 경쾌하게 맞부딪쳤다.

영식은 몸을 옆으로 돌리고 술을 마시면서 기어이 눈물을
흘렸다. 역시 태진은 평생토록 존경해도 부족할 위대한 사람
이었다.

"안녕하셨어요, 선배님."

재건이 가방을 풀고 서건우의 무덤 앞에 쪼그려 앉았다. 함께 나온 리카는 순찰하듯 무덤가를 빙 돌아보는 중이었다.

"커다란 삶의 여백을 메우기가 쉽지 않습니다. 아드님을 아직 만나지 못해서 마음 한구석이 불편한 건지도 모르겠어요. 올해에도 연락이 없으면 어떻게든 제힘으로 찾아볼 계획입니다."

재건이 가방에서 소주와 마른안주를 꺼내 들었다. 그리고 서건우에게 먼저 한 잔을 올린 다음 자신도 한 잔 마셨다.

"분에 넘치는 돈을 벌어들이고 있습니다. 이 돈으로 무엇을 해야 할까 생각이 많았어요. 그래서 아드님을 만나게 되면 꼭 논의하고 싶은 일이 생겼습니다. 그건⋯⋯."

"야옹."

서건우 대신 리카가 대답을 해왔다.

재건은 리카의 목 언저리를 쓰다듬으며 말을 이었다.

"서건우 선배님의 성함을 딴 문원을 설립하는 겁니다. 선배님의 무덤과 멀지 않은 장소에 꼭 세우고 싶습니다. 커다란 삶도 그렇고, 문원도 그렇고⋯⋯ 빨리 아드님을 만나고 싶어요."

드르륵!

재건이 진동하는 핸드폰을 꺼내 들었다. 이제 곧 만나기로 한 도준의 전화였다. 저녁을 먹을 겸 '더 브레스 온라인'도 플레이해 보기 위해서.

"어, 도준아."

—어디냐? 나 지금 태봉이 형이랑 채린이랑 유나랑 도착했는데. 수희 씨가 너 리카 데리고 산책 나갔다고 하시네.

"빨리도 왔네. 금방 들어갈게."

—빨리 와. 나랑 태봉이 형 벌써 노트북 펼쳐 놓고 더 브레스 설치까지 끝냈어.

"알았어, 20분 내로 들어갈게."

전화를 끊은 재건은 주섬주섬 짐을 챙겨 가방에 도로 넣었다. 그러던 차에 가방 속에 담겨 있던 '다섯 개의 꿈'이 손에 잡혔다.

"그러고 보니 선배님, 이거 말씀드리려는 걸 잊었네요."

재건이 책을 꺼내 들며 말했다.

"최근 들어 정말 제 가슴을 울렸던 글이에요. 오태진 회장님이 쓰신 작품인데 너무 좋습니다. 작가로서 배울 점도 많았고요. 전 다 읽었으니 선배님도 한번 읽어보시겠어요? 추천해 드리고 싶어서요."

재건이 '다섯 개의 꿈'을 무덤 앞에 공손히 내려놓았다.

바로 그때, 내내 얌전히 웅크리고 앉아 있던 리카가 몸을 일으켰다. 그러고는 앞발을 내밀어 매몰차게 책을 밀어내는 것이었다.

"리카, 왜 그래?"

"야옹."

재건은 언뜻 리카의 울음소리에 날이 서 있음을 느꼈다.

다시 책을 똑바로 고쳐 놓자 리카는 다시 책 표지를 할퀴었다. 날카로운 손톱자국이 표지에 길게 아로새겨졌다.

"리카, 너 오빠한테 혼나고 싶어? 책을 망가뜨리면 어떡해? 얘가 평생 이런 적 없더니 오늘 왜 하필이면 선배님 앞에서 말썽이지?"

재건이 리카를 나무라며 품에 들어 안았다. 그리고 무덤에 대고 마지막으로 허리 숙여 인사한 다음 몸을 돌려세웠다.


집에 돌아와 지하 휴게실로 내려가 보니 이미 만반의 준비가 다 되어 있었다. 한구석 기다란 테이블에 놓인 여섯 개의 컴퓨터가 보였다. 이제 도착한 재건을 포함해 6명의 유저가 각자의 자리에 앉았다.

"나랑 수희는 왕국군 한다."

"우리 C.Y는 상업 국가 율론으로 갑니다."

"뭐, 그럼 나랑 태봉이 형은 제국군이네. 제국군은 원작에서도 너무 잔인해서 영 별로인데."

투덜거리며 캐릭터를 만드는 도준을 보고 모두가 웃었다.

'더 브레스 온라인'.

정식 서비스가 시작된 지도 정확히 열흘이 지났다. 아직까지는 악평보다 호평이 많아서 재건은 나름 안도하고 있었다.

"맞다, 재건아. 오다가 뉴스 봤거든. 하재건 작가 추정 재산이 6,000억 이상이라던데 이거 사실이냐?"

"뜬금없이 뭐 그런 걸 물어보고 그래."

"반응 보니까 진짜네, 진짜야. 와, 집에서 밥 먹고 잠만 자도 수억씩 돈이 굴러 들어오는 인생이라니."

푸념하는 도준을 제치고 이번엔 태봉이 끼어들었다.

"더 브레스 온라인 중국이랑 대만에도 이제 곧 진출한다면서요?"

"네, 그래서 아내 표정이 이렇게 안 좋잖아요. 본인이 직접 대만으로 가서 진두지휘해야 하는데 은채 돌봐야 해서 못 가게 됐거든요."

"또 가만있는 사람 놀린다?"

수희가 팔꿈치로 재건의 허리를 쿡 찔렀다.

재건은 찡그린 얼굴로 아픔을 호소하며 일어섰다. 아무도 보지 않는데 켜져 있는 벽걸이 TV 때문이었다.

"TV 꺼도 되지?"

"그래, 이제부터 게임 할 건데 누가 본다고. 빨리 끄고 와서 앉아."

재건이 바 위에 놓여 있던 리모컨을 들었다. 전원 버튼을 누르기 직전, TV 화면이 새로운 뉴스 영상으로 바뀌었다.

[……우다왕이 당중앙군사위 부주석으로 선출되면서 사실상 차기 대권 승계를 확정 지었습니다. 중국 공산당은 베이징에서 열린 중앙 위원회 전체 회의에서…….]

'으음?'

재건이 두 눈을 가늘게 떴다. 폭발하는 플래시 한가운데에선 중국인의 얼굴이 몹시 낯익은 까닭이다.

"재건아, 뭐 해?"

"야, 도준아. 잠깐만 와봐."

재건이 TV에 시선을 꽂은 채 등 뒤로 손짓하며 불렀다. 도준은 왜 부르냐고 투덜거리면서도 다가와 재건의 옆에 섰다.

"왜 그러는데?"

"이 사람 말이야. 그때 중국에서 본 사람 맞지?"

"어어……?"

TV를 본 도준의 두 눈도 확연히 커졌다. 두 사람의 이러한 모습에 다른 이들도 흥미를 느끼고 다가와 섰다.

"맞지, 도준아?"

"어, 그 한싼핑이라던 아저씨 맞는 것 같은데. 야, 그 사람 무슨 콘텐츠 산업 쪽에 종사하는 기업인이라고 하지 않았어?"

"지금 두 사람 무슨 얘길 하고 있는 거예요?"

"잠깐 있어봐, 채린아."

곧이어 단상 위에 서서 연설하는 우다왕의 모습이 흘러나왔다. '검열은 독자의 몫'이라는 말과 함께 이어지는 그의 연설에 재건보다 도준이 더 놀라 입을 떡하니 벌렸다.

"야, 재건아……. 이거 네가 그날 저 아저씨한테 했던 말이잖아?"

재건은 아무런 대답도 할 수 없었다. 그 역시 도준 이상으로 경악해 버린 까닭이었다. 텔레비전에서는 자신이 그날 했던 조언들이 우다왕의 입을 통해 줄줄이 흘러나오고 있었다.

"재건아, 이 얘기가 혹시 그 얘기였니?"

옆으로 살며시 다가온 수희가 눈치 빠르게 한 수 앞선 질문을 건넸다.

재건은 그녀를 돌아보고 고개를 끄덕였다.

"어, 그날 류바우 부장님이랑 같이 오셨던 분인데. 분명히 우리에게는 한싼핑이라는 이름에 콘텐츠 산업 기술인이라고 소개했는데……."

재건은 여전히 놀라움을 감추지 못하는 표정이었다. 자연스레 베이징 국제공항에서 수속 절차를 밟지 않고 통과했던 일이 떠올랐다. 그 마음을 읽기라도 한 것처럼 태봉이 끼어들었다.

"이제야 비로소 수긍이 가네. 중국에서 차기 주석으로 확정된 사람이면 프리패스 같은 거야 일도 아니지. 나는 솔직히 얼마간 예상하고 있었다."

"뭘 또 이제 와서 실은 다 알고 있었다는 척하고 있어. 형은 뻥 좀 치지 마."

도준과 태봉이 또 실랑이를 벌이며 툭탁거렸다.

그 옆에서 재건은 문득 따스한 체온을 느꼈다. 어느새 수희의 곱디고운 손이 자신의 손을 맞잡고 있었다.

바로 그 순간, 한 가지 묵직한 기운이 재건의 명치 한가운데로 샘솟았다. 그저 아름다운 아내를 향한 사랑의 감정이라기에는 다소 궤가 다른 느낌이었다.

'나는 지금까지 글만 써왔는데…….'

TV를 멀거니 바라보며 재건은 목울대를 울렸다. 화면 속의 우다왕은 한중 문화 수교의 중요성을 강조하면서 재건으로부터 들었던 조언들을 거듭 설파하고 있었다. 그 모습을 보고 지금 재건은 막연하게나마 몇 가지 사실을 깨달았던 것이다.

"하재건은 또 멍하니 서서 무슨 생각을 이렇게 골똘히 하냐?"

"수희 언니, 그리고 오빠들 빨리 오세요. 게임 내일부터 하실 거예요?"

컴퓨터 앞으로 돌아와 앉으면서도 재건은 상념에서 벗어나지 못했다. 주변 사람들에게는 미안한 일이었지만 게임도 제대로 몰입하지 못하고 건성으로 했다.


자정이 다가오는 늦은 밤.

저녁까지 먹고 난 뒤 모두가 각자의 집으로 사라졌다. 현관문을 닫고 돌아서면서 드디어 수희가 의문을 토해냈다.

"온종일 무슨 생각을 그렇게 많이 했어?"

"어? 나?"

"나한테까지 숨기려는 거야? 우다왕이 TV에 나왔을 때부터 쭉 이상했잖아."

"그랬었나……."

재건은 중얼거리며 수희의 가슴에 안긴 은채를 내려다보았다. 새록새록 잠든 은채의 뺨을 코끝으로 비비면서 그는 말을 이었다.

"그냥, 그냥 그런 생각이 들었어. 내가 이제는 더 이상 혼자만의 방에 틀어박혀 내 글만 쓰던 청년이 아니구나. 내 발언이 누군가에게는 몹시 중요하게 작용될 수도 있겠구나 하는…….”

“흐음……?”

“오늘 우다왕이 한중 문화 수교에 관해 연설하면서 했던 발언들 전부 내가 했던 조언 맞아. 물론 그저 우연의 일치일 수도 있겠지. 하지만 내 말이 상대방의 사상에 영향을 끼칠 수도 있겠다는 생각을 하니까 뭐랄까…….”

재건이 은채로부터 얼굴을 들고 잠시 말을 멈췄다. 서서히 올라오는 한 손은 자신의 명치 위를 살포시 누르고 있었다.

“……전에는 없던 책임감이 생겨.”

“이해할 수 있을 것 같아.”

“너랑 은채하고도 상관있는 감정이야. 난 이제 엄연히 아내와 딸을 보살펴야 하는 한 집안의 가장이고 그러니까……!”

“쉿.”

수희가 재건의 입술 위로 손가락을 얹으며 웃었다.

“은채 깨. 눕히고 오자.”

“이리 줘. 내가 할게.”

은채를 제 요람에 눕히고 나자마자 두 사람은 서로를 끌어안았다. 맞붙은 두 입술이 뜨거운 숨결과 함께 촉촉이 젖어들었다.

"오늘…… 괜찮을까?"

"가슴 안 건드릴 자신 있으면."

속삭이듯 대꾸하는 수희의 양 뺨이 발그레하게 홍조를 띠고 있었다.

이성이 날아간 재건은 수희의 양 허벅지 뒤쪽을 잡아 올렸고, 수희는 익숙하게 두 다리로 그의 허리를 휘감으며 매달렸다. 수희의 셔츠와 스커트, 속옷이 하나둘씩 그들의 뒤로 떨어지면서 길을 만들었다.

"어디 들어가는 거야. 여긴 서재잖아."

"도저히 침실 갈 때까지 못 참겠어. 흔들의자도 푹신해."

"정신 나갔나 봐, 정말. 하웃……!"

"윽, 미안해. 안 건드린다고 해놓고 나도 모르게…… 여기 어디 티슈가 있었는데."

어두운 서재 구석에서 빛나던 두 눈이 스르륵 사라졌다. 항시 건조한 상태를 유지해야 하는 서재의 습도는 그날 밤 최고조로 상승했다.

156장
이거 한 권 주세요

[더 브레스 온라인이 중국과 대만에서도 공식 서비스를 개시했습니다. 최근 몇 년간 여러 MMORPG가 출시됐지만 한국 시장에서 썩 좋은 성과를 거두지 못했는데요. 게임세상 구 기자님, 더 브레스는 반응이 어떻습니까?]

[결론부터 말씀드리자면 가히 놀라운 선전입니다. FPS와 실시간 RTS 장르가 득세하는 상황 아닙니까. 이러한 가운데 PC방 점유율이 6.5%를 돌파하면서 전체 4위에 등극했습니다. 현재 1위부터 10위까지를 통틀어 비슷한 장르의 게임은 7위의 메이플 사가, 9위인 로얄 리니지뿐이거든요.]

[그렇습니다, 베타 테스트 시기부터 정식으로 서비스가 시작된 지금까지 호평이 상당합니다. 더 브레스만이 지닌 강점

에는 어떤 것들이 있다고 보십니까?]

[우선 제작 기간에 비해 스케일이 굉장히 방대한 편입니다. 즉, 이 말은 콘텐츠가 충분히 구비된 상태에서 서비스를 시작했다고 볼 수 있는 거죠. 최적화도 잘되었고, 버그도 거의 없다시피 한 데다 캐릭터의 직업 간 밸런스로 적절하고요.]

"그럼, 잘 만들었지. 내 딸이 만든 게임이니까 당연하지. 아니, 게임 방송 진행한다는 사람이 그런 기본적인 것도 모르나?"

"당신도 참. 아니, 매번 방송에서 이 게임 만든 사람이 이수희입니다~ 하고 광고라도 해야 직성이 풀리겠어요? 그리고 당신 딸이기만 해요? 내 딸도 되지."

과일을 깎던 아내 연옥이 면박을 줘도 경욱은 아랑곳하지 않았다. 홀린 듯이 TV를 바라보는 그의 옆에는 컴퓨터도 한 대가 놓여 있었다.

모니터에는 게임 프로그램 업데이트가 이제 거의 끝나가는 와중이었다.

드르륵!

핸드폰이 울리며 석재의 전화가 걸려왔다. 경욱은 학수고대하던 택배 물품을 받는 사람처럼 반갑게 핸드폰을 집었다.

"어이구, 사돈 양반. 간밤에 푹 주무셨습니까."

—아주 잘 잤습니다. 점심은 드셨습니까? 오늘도 더불어 달리셔야지요.

"지금 업데이트하고 있는 중입니다. 언제 접속하시겠습니까? 저는 당장도 됩니다. 오늘은 정령 던전 반드시 깨야죠."

—저야 사돈 탱만 믿고 졸졸 따라가는 거지요. 어떻게 그리 손이 빠르신지 원.

"제가 그래도 소싯적에 로얄 리니지를 좀 하던 가락이 있어서요. 이 키보드랑 마우스 두드리던 장단이 안 죽었습디다? 하하하!"

경욱이 핸드폰을 붙잡고서 너털웃음을 터뜨렸다.

연옥은 기가 막혀 고개를 절레절레 내저으며 몸을 일으켰다. 장기 아니면 낚시뿐이던 남편의 취미 생활이 완전히 바뀌어버린 것이다.

심지어 하려거든 혼자서나 할 것이지. 아내에게까지 캐릭터를 만들게 해서는 템을 파밍한다느니 레이드를 뛰어야 한다느니 알아듣기도 힘든 말로 매일같이 보채곤 했다. 덕분에 연옥은 팔자에도 없는 게임을 함께 해주느라 오죽 성가신 것이 아니었다.

"여보, 어디 가? 당신도 들어와야지."

"거, 사이좋은 사돈이랑 즐거이 하시구려. 나는 제멋대로 돌아가는 화면만 봐도 속이 울렁거려서 오늘은 쉬어야겠어요."

연옥이 도망치듯 쟁반을 들고 방을 나섰다.

그녀의 등 뒤로 호탕한 웃음소리가 거듭 집 안을 울렸다. 경욱의 캐릭터 '사랑방쌈바아저씨'와 석재의 캐릭터 '브라보 마이라이프'의 모험은 벌써부터 시작된 참이었다.


## BIG LIFE


"이제 유럽까지 진출한다면서? 게임 잘나가서 다행이다."

간만에 찾아간 도준의 오피스텔이었다.

언제나 그렇듯이 도준의 첫 인사는 최근 가장 반응이 뜨거운 재건의 작품을 거론하고 있었다. 소파에 앉은 재건은 12월의 차가운 창밖 풍경을 내다보며 싱긋 웃을 뿐이었다.

"뭐냐, 그 의미심장한 웃음은."

"오늘은 너한테 물어보고 싶은 게 있어서 왔다."

"물어보고 싶은 거?"

"그 전에 너…… 일정이 어떻게 되지?"

"갑자기 일정은 왜?"

"말해봐."

"뭐, 큰 거야 지존록 2부 찍으러 중국 가는 거지. 그리고 등산화랑 정장이랑 냉장고 CF 남았고…… 말곤 딱히 없는데?"

도준이 재건의 옆으로 털썩 몸을 앉히며 말을 이었다.

"예능 출연 완전히 동결시키고 나니까 엄청 한가해졌어. 우주 대스타답지 않게 말이지. 오죽하면 내가 벌써 더 브레스 만렙을 찍었겠니."

"하하하……."

"웃지만 말고 이제 말해봐. 하고 싶은 말이 뭐야?"

"도준아."

"그윽한 눈빛은 접어두고."

"너 악의 재밌게 읽었다고 했지?"

"……?"

가늘어진 도준의 두 눈에 한 줄기 의혹이 어렸다. 재건이 무슨 말을 하려는 건지 깨닫기까지는 오랜 시간이 걸리지 않았다.

"재건아……."

"내가 무슨 말 하려는 건지 넌 벌써 알아들었을 거야. 악의 주인공도 네가 없었다면 제대로 완성되지 못했을 거거든. 그러니까……."

재건이 멋쩍게 웃으며 도준의 등허리를 가볍게 두드렸다.

"일단 그렇게 알아만 주고 있어도 고맙겠다. 언젠가 악의의 영화화가 진행될 거고, 제작 발표회가 열리면 주인공 배역을 맡은 사람의 자리에 네가 앉아 있었으면 좋겠어."

"말이라고 하냐 지금."

"무조건 네 일정에 맞춰서 진행할 거니까. 부담스러운 얘기해서 미안하다."

"지금 내가 부담스러워서 이러는 게 아닌 거 뻔히 알면서 또 이러네."

서로의 눈이 마주치고 두 사람은 이내 피식 웃었다.

실상 재건의 작품에 출연하는 일은 도준에게 무척 즐거운 일이었다. 친구로서의 우정과는 별개의 문제였다. 그에게 있어 재건의 원작은 마치 몸에 꼭 맞는 맞춤복과도 같아 연기하기가 무척 편안했다.

'네 텍스트에는 나란 놈을 꿈틀거리게 만드는 뭔가가 있어.'

낯간지러워 입 밖으로는 내뱉을 수 없는 얘기. 도준은 속으로 삼키며 태연한 척 화제를 전환했다.

"윤태성 감독님이랑 이은하 감독님은 잘 지내시는지 몰라. 결혼하시고 나서 통 못 뵀었는데. 악의 얘기도 나온 김에 당장 전화나 드려볼까?"

"아직 일러. 너한테만 먼저 말 꺼낸 거야. 내가 나중에 연락드릴게."

도준이 입술을 삐죽 내밀고는 핸드폰을 도로 내려놓았다.

잠깐의 침묵을 틈타 엊그제 있었던 일이 그의 뇌리에 떠올랐다.

"그러고 보니 나 원필름에서 연락 왔다. 특별 출연 좀 해 줄 수 없겠냐고."

"원필름에서? 무슨 작품인데?"

"다섯 개의 꿈. 여선생이 좋아했던 죽은 남자 역할."

"아……."

재건이 즉시 고개를 주억거렸다.

태진의 작품 '다섯 개의 꿈'은 서점가 베스트셀러 1위를 달리고 있었다. 벌써 판매량은 70만 부 남짓. 이미 영화화도 결정되어 프리프로덕션 과정에 돌입했다.

가뜩이나 태진은 문단과 출판업계를 아울러 절정의 공로를 인정받은 사람이다. 그런 태진이 작가인 데다 작품성까지 탁월하니 세간의 찬사는 엄청났다. 재건이 '악의'를 통해 받았던 극찬이 부럽지 않을 정도였다.

"작품 읽어봤다면서? 좋지?"

"좋았어."

심드렁한 표정으로 도준은 진심을 토해냈다.

"전에 네가 전화로 엄청 감동했다고 말했었잖아. 그때 말했던 작품이 다섯 개의 꿈이었다는 거 나중에 알고 좀 놀랐지. 정말 잘 썼더라. 내가 10대였으면 다섯 소년 중 하나로 출연했을 텐데."

"나도 그런 생각했다. 진짜 좋은 작품이야. 나도 이런 글

써 보고 싶다고 소망하게 되더라."

"쓰면 되잖아. 네 필력 갖고 소망만 할 게 뭐 있어?"

"아냐, 아직 내 글줄로는 이렇게 좋은 글 못 쓸 것 같아."

재건이 고개를 뒤로 젖히고 한숨을 내쉬었다. 친구 앞에서 엄살을 부린 감도 없진 않지만, 그렇다고 겉치레로 한 말은 결코 아니었다.

"그런데 왜 웅성이 아니라 문학여행에서 내셨을까……."

"뭐라고? 못 들었어."

"아무것도 아냐. 배고프다, 도준아. 나가서 밥 먹자. 2층에 돈까스집 새로 생겼던데 맛있겠더라."

재건이 도준을 떠밀며 일어섰다.

그들이 현관을 나서기가 무섭게 창밖 세상으로 눈이 내리기 시작했다. 12월에 내리는 올해 첫눈이었다.

BIG LIFE

[노장은 죽지 않았다! 한국문학의 절대적인 거장 오태진 작가의 화려한 귀환!]

['다섯 개의 꿈' 영화화 결정! 판매량도 어느새 100만 고지가 코앞]

[오태진 작가 신작 웅성에서 출간하지 않은 이유, '아끼는

후배와 함께 작업하고 싶었다']

[60여 개국 수출된 하재건의 '악의' 극찬했던 뉴욕 타임스, 오태진의 '다섯 개의 꿈'에도 호평 일색]


문학여행 대표 영식은 온종일 웃음을 그칠 수가 없었다. 회사의 총력을 기울인 보람이 넘쳤다. '다섯 개의 꿈'이 경악스러우리만치 선전하면서 적자 노선을 거듭해 오던 회사도 빠르게 숨통이 트여가고 있었다.

마케팅이 계속되는 가운데 영식도 분주하게 움직였다. 그간 쌓아왔던 인맥을 활용해 거래처를 오가며 영업했고, 필요하면 지방의 대형 서점까지 날아가는 일도 서슴지 않았다. 태진에게 최선을 다하겠다고 약속했던 것을 그는 철저히 지키고 있었다.


BIG LIFE


새해가 돌아온 어느 추운 1월의 어느 날 저녁.

서울에서 차로 수 시간 거리에 자리한 도시 경주에도 혹한이 몰아치고 있었다. 거리의 사람들은 두툼한 옷 속으로 콧등까지 얼굴을 밀어 넣고 있었다. 다들 어깨를 잔뜩 움츠린 채 따스한 집으로 발길을 서두르는 중이었다.

"삼촌, 이제 그만 마셔요."

"딱 한 병만 더 합시다, 한 병만."

허름한 골목 어귀의 한 국밥집. 얼굴이 벌건 사내가 풀린 눈으로 부탁했다. 상 위에는 이미 바닥을 드러낸 두 병의 소주가 놓여 있었다. 저녁 겸 안주로 시켜둔 술국은 손끝 하나 대지 않은 상태였다.

"사람 하나 죽었다는 소리 나올까 봐 무서워 죽겠네. 술을 자실 거라면 보는 사람 안 불안하게 국밥이라도 좀 든든하게 드셔야지. 오늘도 한 숟갈을 입에 안 대셨어, 또."

"제가, 꼭…… 오는 길에 많이 먹어서 그러니까요. 이모, 한 병만 딱 더 합시다."

"아이구, 나는 이제 모르네."

사내는 여주인이 가져다준 세 병째의 소주를 따고 즉시 들이마시기 시작했다.

그러고는 30여 분에 걸쳐 천천히 마시고는 몸을 일으켰다.

"잘 먹었어요."

"삼촌, 이거 가져가."

"뭡니까 이건."

"김밥. 우리 애 싸주는 김에 넉넉히 좀 했어. 들어가서 새벽에 들어요."

"괜찮습니다."

"사양하지 말고 가져가요. 술밥 들어가는 사람들 새벽이면 배고파. 요 아래 여관서 지내잖아요. 편의점 말고 뭐 있는 것도 없는데, 어서."

여주인이 억지로 김밥 봉지를 쥐여주었다.

사내는 흐느적거리는 몸짓으로 고개 숙여 감사하고는 터덜터덜 국밥집을 나섰다.

"쌍…… 빈속에 세 병을 들이부었더니 덥네, 더워."

사내가 몸에 걸쳤던 점퍼를 도로 벗으며 중얼거렸다. 행인들은 한눈에도 몹시 취한 그를 피해 길 양옆으로 몸을 비켜서고 있었다.

얼마나 걸었을까.

문구 코너를 겸한 작은 서점 앞에서 사내가 멈춰 섰다. 유리창 너머로 보이는 베스트셀러 목록으로 그의 풀린 두 눈이 자석처럼 이끌려 가고 있었다.


1. 다섯 개의 꿈 – 오태진
2. 악의 – 하재건


"……."

사내가 코를 한 번 훌쩍이고는 이내 가던 걸음을 재촉했다. 하지만 열 걸음을 채 걷지 못하고 도로 몸을 돌려세우고 말았다. 글쟁이로서의 모든 것을 포기했고 남은 미련도 없다고 자부하는 그였지만 도저히 외면할 수 없는 이름이었다.


끼이익.

"어서 오세요……."

꾸벅꾸벅 졸고 있던 카운터의 여주인이 인사를 건넸다.

사내는 비애감에 젖은 표정으로 책장을 향해 걸어갔다. 책은 쉽게 찾을 수 있었다. 지방의 영세 서점인 까닭에 베스트셀러 위주로만 구비해 둔 까닭이다.

'신작을 또 냈나…….'

손에 쥔 책을 내려다보며 사내는 조소를 흘렸다. 그간 오래도록 TV나 인터넷을 접한 일이 없었다. 의식적으로 귀와 눈을 닫고 지내왔다. 세상의 흐름을 조금도 알고 싶지 않았기 때문이다.

"이거 한 권 주세요."

사내는 구입한 책 한 권을 들고 여관방으로 돌아왔다. 김밥 봉지를 내려놓고 양말을 벗어 던진 다음 벽에 등을 기대고 앉아 책을 읽기 시작했다.

"……?!"

불과 30여 페이지를 넘겼을 즈음일까. 취기로 멍하기 그지없던 심신이 단박에 깨어났다. 한겨울이라 난방이 확실히 들어오고 있었지만 그럼에도 불구하고 온몸이 떨려왔다. 누군가가 찬물 한 양동이를 방 안에 끼얹기라도 한 느낌이었다.

"어떻게……! 어떻게……!"

사내는 시간의 흐름을 가늠하지 못하고 떨리는 손끝으로 책장을 거듭 넘겼다. 어느새 붉어진 두 눈가에는 통한의 눈물이 가득 고이고 있었다.

157장
부끄러워서라도

"위저드리 쪽과 연락했어요. 2부도 각본화 작업 수월하게 진행되고 있답니다. 하 작가님께서 신경 쓰실 부분은 앞으로 없을 거예요."

"항상 고맙습니다, 권 대표님."

재건이 품에 안은 은채를 얼러주다 말고 대꾸했다.

소설 '더 브레스' 2부에 관한 이야기였다. 영화 1편이 전 세계 랭크 4위에 올랐을 만큼 엄청난 흥행을 기록했다. 이런 상황에 원작 콘텐츠까지 마련되어 있으니 차기작 제작은 자연스러운 수순이다.

"요즘은 어떻게 지내시고 계셨어요?"

커피 한 모금을 마시고 난 태원이 집 안 풍경을 돌아보며 물었다. 재건의 집에 찾아온 것도, 서로의 얼굴을 보는 것도 간만이었다.

"보시다시피 은채랑 놀아주느라 시간 가는 줄 모르고 지냅니다."

"엄마하고 아빠는 이제 말한다면서요?"

"네, 그런데 제 엄마한테까지 아빠라고 부르네요. 저하고 보낸 시간이 압도적으로 많아서 그런 것 같기도 해요."

"하하하, 이러다 정말 하 작가님 은채 위한 동화까지 쓰시게 될지도 모르겠네요."

함께 웃은 두 사람은 뒤이어 약속이라도 한 것처럼 천장을 멀거니 올려다보았다. 서로 말하지는 않았으나 지금 보이는 풍경은 꼭 같았다. 다사다난하게 지나왔던 수많은 나날의 단상이 눈앞을 빠르게 스쳐 가는 것이었다.

"정말 다 터뜨리셨어요."

태원이 먼저 입을 열어 정적을 깼다.

"장르 소설, 문단 소설, 웹툰, MMORPG 게임, 모바일 게임, 여기에 드라마와 영화까지. 하나의 소스로 만들어낼 수 있는 거의 모든 분야를 섭렵하셨어요. 심지어 하나같이 다 대박을 터뜨렸고요."

"저 혼자만의 힘으로는 절대로 여기까지 못 왔습니다. 운도 많이 좋았다고 생각해요."

서건우뿐만 아니라 눈앞의 태원을 비롯해 수많은 사람을 생각하며 재건은 대답했다. 평생에 걸쳐 잊지 않고 보답해야 할 은인들이었다.

한 사람, 한 사람 얼굴을 곱씹어보는 그에게 태원이 물었다.

"이제부터는 어떤 글을 쓰시려고 하십니까? 그냥 개인적인 질문입니다."

"글쎄요…… 갑자기 대답을 드리려고 하니까……."

재건이 다소 덥수룩해진 머리를 긁적였다.

서상도를 만나지 못한 사정으로 집필이 미진해진 '커다란 삶'을 제외하고 나면 남는 것이 없었다.

'지존록'은 3부까지 끝냈으니 완전히 손을 떠났고, '더 브레스' 3부를 시작하기에는 아직 느껴지는 감흥이 부족했다.

마음만 먹으면 쓸 수 있는 글은 널려 있었다.

신작을 써도 되고, 혹은 당장 MBS 방송국의 배 CP에게 전화만 한 통 넣어도 '마켓 플레이스' 드라마 각본을 쓰기 시작할 수도 있었다. 문제는 재건의 마음이 내키지 않는다는 점이었다. 돈이라는 요소 이외에 근성을 잡아끄는 목적이 희미했다.

심각해진 재건의 눈치를 보며 태원이 조심스레 운을 뗐다.

"혹시 요즘도 웹 소설 사이트들 돌아보시고 그러십니까?"

"네, 문피앙이랑 조아요랑 또 레디북스 가끔 들어가 봅니다. 왜요?"

"그럼 혹시 윗집 기사랑 아랫집 지존이랑 날 너무 좋아해서 곤란해라는 소설 아세요? 조아요에서 요즘 가장 핫한 팬 픽션인데요."

"잠시만요, 권 대표님. 죄송한데 윗집 기사 뭐라고요? 제목이 너무 길어요."

태원이 핸드폰을 꺼내 검색해서는 직접 보여주었다. 기나긴 제목 아래로 적힌 소개글을 보고 재건은 두 눈을 동그랗게 떴다.

"진천위랑 에드워드?"

"하하, 네. 지존록 시리즈랑 더 브레스 가져다 쓴 팬 픽션이에요. 두 작품의 주인공들이 차원의 균열에 빨려드는데 그게 또 어떤 판타지 대륙인 거죠. 그리고 이 소설의 여주인공인 하녀를 동시에 사랑하게 된다는 얘기예요. 지금 팬 픽션 카테고리에서 거의 한 달 넘도록 1위 찍고 있어요."

태원이 아쉽다는 듯이 입맛을 다셨다.

"이렇게까지 인기가 많지만 팬 픽션이라서 상업적으로 활용할 방법이 없으니 작가로서는 좀 안타깝기도 할 거예요. 하지만……."

재건을 바라보는 태원의 얼굴에 야릇한 미소가 감돌고 있었다.

"원작자이신 하 작가님이 직접 쓰시면 아무런 문제가 없겠죠?"

"……진천위랑 에드워드가 함께 나오는 퓨전 작품을 써 보라는 말씀이세요?"

"하 작가님이 쓰시기에 재미만 있다면요. 저는 그냥 이런 길도 있다는 말씀을 드리고 싶었어요. 이제 하 작가님께서 작품을 쓰시면서 부담 가지실 필요가 뭐 있겠습니까?"

해맑은 태원의 표정을 보면서 비로소 재건은 말하는 저의를 깨달았다.

그래서 마찬가지로 환히 웃는 얼굴로 답했다. 생활고가 극심하던 시절부터 알아왔던 태원이다. 마주 앉아 이렇게 대화하는 것만으로도 더없이 마음이 편해진다.

"그럼 이만 일어나 보겠습니다."

"벌써 가시려고요? 더 계시다가 저녁도 드시고 가시지요."

"회사 사옥 부지 좀 보러 또 가 봐야 해서요. 조만간 다시 찾아뵙겠습니다."

재건은 마다하는 태원을 따라 대문 앞까지 배웅을 나섰다.

차 문을 열기 직전, 태원은 어쩐지 망설이는 기색이 되더니 소리 없는 한숨을 내쉬었다.

"왜 그러세요, 대표님?"

"저기, 별로 중요한 이야기는 아닐 것 같아서 말을 아끼고 있었는데요. 지금 생각해 보니 중요할 수도 있을 것 같아서 말입니다."

"네?"

"조만간 문방위 쪽이나 문화부에서 하 작가님께 연락이 갈지도 모르겠습니다. 한중 문화 수교 사업에 관한 이야기 때문에요."

태원의 말을 듣자마자 저절로 우다왕이 떠오르는 재건이었다.

"저에게 여러 번 연락이 왔었어요. 하 작가님의 의향이 어떠신지, 정치적인 노선은 무엇인지, 차기작은 뭘 구상하시는지 등등 제법 집요하게 캐묻더라고요. 아마 웅성에서도 이미 연락을 받았을 겁니다."

"왜 진작 말씀해 주시지 않으셨어요?"

"무엇 하나 확정된 사업도 아니고, 글 쓰는 일에만 집중하고 싶어 하시는 하 작가님 스타일 제가 잘 아는데요. 이런 일로 마음 불편해지시면 죄송하니까요. 그간 권성득 의원 같은 사람들 때문에 불쾌한 일도 몇 번 겪으셨고요."

쓸쓸히 웃는 태원의 손이 차 문을 열고 있었다.

"아마도 근시일 내에 연락이 간다면 문화부 차관보님일 겁니다. 하 작가님께서 유일하게 받아주시는 분이 차관보님이니까요."

"네, 아마도 그렇겠죠. 알려주셔서 고맙습니다, 대표님."

"아닙니다, 저야말로 괜한 오지랖으로 늦게 말씀을 드린 건지도 모르겠네요."

웃는 얼굴로 차에 오른 태원이 멀어져 갔다. 재건은 길 너머로 차가 사라질 때까지 눈으로 전송한 끝에 요람에 눕혀둔 은채를 떠올리고 다급히 집으로 돌아갔다.


## BIG LIFE


이튿날 오전.

태원의 추측은 제대로 들어맞았다.

새로운 하루가 시작되고 처음으로 걸려온 전화는 과연 문화부 차관보의 것이었다. 안부 인사를 주고받은 끝에 돌입한 본론도 태원의 말과 꼭 같았다.

─한중 문화 수교 사업 때문에 이렇게 하 선생님께 연락을 드리게 됐습니다.

"네……."

재건이 요람에 누운 은채를 들여다보며 나직이 대꾸했다. 귀로는 계속해서 차관보의 설명이 들려오고 있었다.

─전 웅성 회장이셨던 오태진 선생님을 비롯해 여러 원로

작가님도 참석하십니다. 어디 보자, 명단이…….

"죄송합니다만 차관보님. 명단은 읽어주시지 않으셔도 됩니다. 저는 참석해도 별 보탬이 되지 못할 것 같으니 사양하겠습니다."

차관보의 침음이 귓가를 간질였다. 하지만 그것도 잠시, 여느 때라면 간단히 물러서 주었을 그가 강경하게 말을 잇는 것이었다.

─하 선생님, 혹시나 싶어 제 소관으로 말씀드리지만 정치적인 의도가 내재된 자리가 아닙니다. 정말로 콘텐츠 산업을 발전시켜 국익에 보탬이 될 길을 모색하는 자리입니다.

"……."

여전히 망설이는 재건에게 차관보는 덧붙였다.

─그리고 이건 하 선생님께서만 알아주십시오. 중국 측에서는 하 선생님께서 반드시 참석해 주시기를 강력하게 요청하고 있습니다.

"저를요?"

─그렇습니다. 하 선생님의 성향을 아는 제가 이토록 고집을 부리는 데에는 그런 이유가 또 있습니다. 게다가 이번 자리는 사전 대책 회의인 만큼 홀가분한 마음으로 한 번만…….

힘 빠진 차관보의 목소리가 끝으로 갈수록 아득해진다.

문득 재건은 그의 입장을 생각하게 됐다. 자신과 문화부처

사이에 끼어서 그도 보통 곤욕이 아닐 것이다.

"알겠습니다. 참석하겠습니다."

결국 재건의 입에서 수락이 떨어졌다.

차관보를 위한 마음에 더해 호기심이 생겨났다. 중국 측에서 자신의 참석을 강력하게 요청했다고 하니 사양만 해서도 될 일이 아니란 판단이 섰다. 어쩌면 우다왕이란 사람이 직간접적으로 개입했을지도 모른다.

-시원하게 결정 내려주셔서 정말 감사합니다, 하 선생님. 불편하실 일 전혀 없을 겁니다. 제가 이번만큼은 약속드리겠습니다.

환해진 차관보의 목소리가 고막을 울렸다.

재건은 핸드폰을 귓가에서 살며시 떼고 생각했다. 회의에 참석하기 전에 덥수룩해진 머리를 잘라야 하나 하고.


BIG LIFE


"안녕하십니까, 하재건입니다. 선생님 작품을 정말 열심히 읽었습니다. 무척 많이 배웠습니다."

"허허, 무슨 말씀을. 나야말로 우리 후배 작가님 작품 통해 이 나이에도 여러모로 배우고 있다네."

문화관광부 회의실 안은 수십 명의 작가로 인산인해였다.

올해 나이 서른둘의 재건은 이들 사이에서 최연소 작가였다. 재건보다 바로 위의 작가조차 40대 후반의 나이였던 것이다. 그런 연유 때문에 재건은 바삐 사방을 돌아다니며 선배들에게 인사를 드리고 있었다.

"안녕하세요, 하재건입니다. 저 명경예대 문예창작과 시절에 선생님 특강을 들었던 적도 있습니다. 이렇게 뵙게 돼서 무척 영광스럽습니다."

"어어, 그래요? 그래, 어디 보자. 10년 전쯤이면 시기가 맞는구만그래. 내 기억이 날 듯도 해요. 유난히 수업 때마다 눈매가 빛나던 남학생이 있었는데 그게 자네였을지도 모르겠어. 하하하."

저명한 원로 작가들은 재건의 정중한 인사 앞에서 몹시 기쁜 기색이었다.

대부분 오늘이 첫 만남이었지만 재건의 존재를 모르는 이는 없었다. 아들 혹은 막냇동생뻘밖에 안 되는 어린 나이에 세계적인 대성공을 거둔 재건이다. 그 이름을 같은 작가로서 어찌 모를 수가 있을까.

"요즘 애들 같지가 않네요."

"좋은 집안에서 자랐군그래. 구김살도 없고 아주 싹싹해."

"그러게요. 거들먹거리지도 않고 인상이 참 좋네. 인터넷에서 본 사진으로는 성깔이 좀 있어 보이더라니. 실물이 훨

낫네, 훨 나아."

사방을 분주히 오가는 재건을 보며 작가들은 삼삼오오 소곤거렸다.

이들 대부분이 재건의 첫인상을 보고 내린 평가는 합격점이었다. 회의실 곳곳에서 웃음꽃이 연발하고 있었다.

그러나 모두가 호의적으로 재건을 주시하고 있는 것은 아니었다. 재건의 빠른 출세를 시기하는 몇몇의 작가, 그리고 국회의원 성득의 두 눈에서는 가시가 돋아나고 있었다.

'빌어먹을, 무슨 생각으로 하재건을 기어이 명단에……!'

초조해서 속이 다 타들어 가는 성득이었다.

애초에 성득은 문방위 소속 의원으로서 작가 명단을 만들었고 재건의 이름은 넣지 않았다. 우다왕과 류바우가 재건을 마음에 들어 하고 있음을 느낀 까닭이다.

하나 아니나 다를까. 중국 측에서 하재건의 참석을 강력하게 주장했고 결국 오늘 또 이 자리에서 재건과 대면하게 되어버렸다.

성득의 근심은 이만저만이 아니었다. 자칫 재건의 존재로 인해 자신의 은밀한 투자 계획이 수포로 돌아가게 된다면 정신이 돌아버릴지도 모른다.

"권성득 의원님, 그렇게 서 계시지 마시고 이제 앉으시죠."

"아, 네네. 이 선생님도 앉으십시오."

성득은 평소 친분을 유지하던 몇몇 작가와 함께 자리에 몸을 앉혔다.

모두가 각자의 의자에 착석하고 회의가 시작되었다.

문화부 차관의 인사말을 한 귀로 흘리며 재건은 주변을 돌아보았다. 어디에도 태진의 얼굴은 보이지 않았다.

'무슨 일 있으신가. 왜 안 나오셨지.'

고개를 갸웃거리고 있는 바로 그때, 재건의 귀로 한결 또렷해진 문화부 차관의 목소리가 파고들었다. 사실상 오늘 회의의 쟁점에 관한 발언이기도 했다.

"……그래서 한중 합작 콘텐츠 사업의 시작점이 될 세 작품이 필요합니다. 한국에서 세 작품, 마찬가지로 중국에서 세 작품이요. 어떤 절차와 방식을 통해 작가와 작품을 선출해야 할지, 이 자리에서 논의해 보려 합니다."

모든 작가가 일시에 입을 다물었다.

회의실은 정적에 휩싸였다. 수십 개의 눈만이 서로의 눈치를 살피느라 이리저리 움직이고 있었다.

'이렇게 많은 작가 사이에서 단 셋이라니…….'

무표정한 얼굴의 재건이 속으로 한숨을 내쉬었다.

이제부터 시작될 논쟁이 확연히 그려지는 듯했다. 보이지 않는 수많은 작가의 경계심이 고요한 장내를 가득 채워가고 있었다.

"역시나 투표가 어떻겠습니까."

"이건 한중 문화 수교의 일환으로 한국을 대표할 세 작품을 뽑는 겁니다. 그간의 경력과 공로를 따져서 진행해야 할 일이라고 사료됩니다."

"그 방식은 동의하기 어렵습니다. 아무래도 개인적이고 주관적인 견해가 크게 작용하지 않겠습니까?"

"모두가 인정하는 경력과 공로에 주관적이고 말고 따질 계제가 있겠습니까?"

일단 말문이 터지자 회의장은 금세 시장처럼 시끌벅적해졌다.

예상대로의 풍경 한가운데에서 재건은 한마디 말도 하지 못하고 연신 녹차만을 홀짝였다.


1부 회의가 끝나고 휴식 시간.

화장실에 다녀오는 재건을 몇 사람이 복도에서 가로막았다. 모두가 익히 아는 원로 작가들이어서 이번에도 재건이 먼저 인사를 드렸다.

"차 한잔하시러 나오셨습니까?"

"차가 아니라, 하 작가. 우리 잠시 이야기 좀 할 수 있을까?"

"이야기요?"

"그래, 잠깐이면 되네."

50대 후반의 김 작가가 콧등을 찡그리며 퉁명스럽게 말했다.

재건은 석연찮은 느낌부터 받았다. 김 작가는 오늘 처음 만나 인사했을 때부터 영 좋지 않은 표정이었던 것이다.

김 작가만이 아니었다. 지금 자신의 주위를 아우르고 선 작가 모두가 그랬다.

"알겠습니다. 그럼 저쪽 조용한 곳으로 가시죠."

복도 끝으로 가 선 재건을 원로 작가 여럿이 둘러쌌다. 그들은 은밀한 눈짓으로 김 작가를 채근하고 있었다.

한참을 머뭇거리던 김 작가가 이윽고 입을 열었다.

"후배로서 한번 양보해야 하지 않겠나?"

"네? 무슨 말씀이신지……?"

재건이 얼떨떨한 표정으로 되물었다.

김 작가는 비굴한 웃음을 입가에 베물며 말을 이었다.

"말로만 선생님, 선생님 그러지 마시고, 우리 선배님들 위해서 자네가 한 번만 양보 좀 해달라는 말일세."

"그래, 자네는 앞으로도 글 쓸 날이 창창하잖은가."

다른 원로 작가인 박 작가도 끼어들어 한마디 거들었다.

"……."

정신이 멍해진 재건은 할 말을 잃었다. 오늘 이 자리에서 이런 말을 듣게 될 줄은 전혀 예상치 못했다.

'당황스러운데, 이런 건⋯⋯.'

오래도록 존경해 왔던 원로 작가들 앞에서 재건은 실망을 금할 수가 없었다.

자신을 유력한 후보로 여기고 미리 싹을 제거하려는 것이다. 치밀어 오르는 불쾌감을 드러내지 않으려고 그는 아랫입술을 꾹 깨물었다.

이대로 대화가 끝났다면 재건이 알아서 물러섰을지도 몰랐다. 선배들을 향한 존경심 때문이 아니라 진흙탕에서 함께 구르고 싶지 않다는 마음으로.

똑.

창가에 얼어붙은 서리 한 조각이 떨어졌다.

한결 근엄해진 표정이 된 김 작가가 뒷짐을 지고는 훈계하듯이 말을 이었다.

"뒤에 배탈 나는 일 없도록 신경을 써주면 고맙겠네."

"⋯⋯?"

"거, 알잖은가. 류바우 쪽에서 자네를 원하는 모양이던데. 스스로 그만둘 적당한 이유를 미리 생각해 두면 좋지 않겠는가. 괜히 우리 때문에 자네가 빠지게 됐다느니 그런 말이 나오면 서로 입장이 불편해질 게야, 그렇지?"

말을 마친 김 작가가 동의를 구하듯 주변 작가들을 돌아보았다. 그러더니 도통 우스운 일도 없는 와중에 그들끼리 웃음을 터뜨렸다.

치부를 무마하고 모면해 보려는 웃음.

가벼운 한숨과 함께 마음을 정한 재건이 고개를 치켜들었다.

"그렇게는 못 하겠습니다."

"……?"

"지금 선생님들께서 제게 하신 말씀은 못 들은 걸로 하겠습니다. 그럼 먼저 들어가 보겠습니다."

"이, 이보게."

재건이 서늘한 얼굴로 걸음을 뗐다.

원로 작가들은 단박에 사색이 되어 그의 뒤를 쫓았다. 김 작가의 주름진 손은 재건의 어깨를 움켜잡고 있었다.

"자네, 너무 경우가 없지 않은가. 아무리 성공했기로서니 수십 년 선배들 앞에서 지금……!"

"나는 언제나 초연한 봄비 한 방울이고 싶다!"

걸음을 멈추고 선 재건이 돌아보며 소리쳤다.

"……!"

그 말 한마디에 김 작가는 얼어붙었다. 지금 막 재건이 내뱉은 말은 자신의 대표적인 산문집 제목이기 때문이었다.

"언제나 초연한 봄비 한 방울처럼 깨끗하게 살고 싶다던 그 선생님의 산문집, 중학생 시절 책 한 권이 닳도록 읽었습니다. 이런 산문을 쓰신 선생님은 얼마나 영혼이 아름다운 분이실까 하고 며칠 몇 날 밤을 생각했는지 모릅니다. 그러니까 제발……."

재건이 더운 숨결을 바닥으로 흩뿌리고는 싸늘히 덧붙였다.

"제발 후배의 소중한 추억을 깨지 말아주십시오."

"으, 으으……!"

김 작가는 핏기가 사라진 얼굴로 침음을 흘리며 물러섰다.

그러나 끝이 아니었다. 곁에 있던 박 작가가 삿대질을 하면서 끼어들었다.

"자, 자네……! 지금 대선배를 가르치려고 드나! 자네 어린 나이에 성공 좀 했다고 지금 이렇게 두 눈을 부라리면서 빠닥빠닥 대들 자리……."

"작년까지 이어지던 박 선생님의 사설 꾸준히 읽어왔습니다!"

재건의 일갈이 복도를 뚫고 청사 전역을 울렸다.

박 작가는 꿀 먹은 벙어리처럼 비틀거리며 뒤로 한 걸음 물러서고 있었다.

"꿈을 잃고 방황하는 청년들을 위해 기득권이 손을 내밀어 줘야 한다고 강력히 주장하시던 그 의지 어디 가야 제가 찾아볼 수 있겠습니까?"

"자, 자네 지금……! 그, 그건……!"

"빙상 연맹 때문에 러시아로 귀화할 수밖에 없었던 스피드 스케이팅 선수를 거론하시며 재능 많은 청춘들의 앞길을 막아선 안 된다고 말씀하시던 그 모습, 제가 어디 가면 찾아볼 수 있겠습니까!"

"으으윽……!"

박 작가가 후들거리는 두 다리를 지탱하지 못하고 한쪽 벽에 기대어 섰다.

이렇게까지 박식할 줄이야.

설마 대필로 작성된 자신의 사설까지 꿰고 있으리라고는 상상조차 못 했다.

어느새 재건의 등 너머 회의실 쪽에서는 수많은 작가의 시선이 날아들고 있었다. 그들의 눈길을 한 몸에 받으며 재건은 수희를 생각했다. 더불어 우다왕이 연설하던 TV 앞에서의 다짐을 되새겼다.

"부끄러워서라도 선생님들 말씀은 못 듣겠습니다. 결과가 어떻게 되건 관계없이 저는 이 자리에 끝까지 남아 있겠습니다."

말을 마친 재건이 정중히 고개 숙이고 돌아섰다.

작가들이 연신 침만 꼴깍 삼키는 가운데, 재건의 발걸음은 여느 때보다 묵직하게 바닥을 울리고 있었다.

'으아······! 이 일을 어쩌나!'

벽을 등지고 몸을 숨긴 차관보는 심장이 다 졸아들 지경이었다. 이번만큼은 결코 나쁜 일이 생기지 않을 거라고 재건에게 호언장담을 했건만. 이건 그가 예상한 영역 밖의 사고였다.

실상 놀란 건 차관보만이 아니었다. 휴게실이나 화장실에 가느라 자리를 비운 작가들을 제외하면 태반이 현장을 직접 목격했다. 특별히 입장권을 받아 이곳에 와 있는 취재 기자들도 더없이 긴장해 숨을 죽이고 있었다.

"늦어서 죄송합니다."

2부 시작 시간이 한참 지나서 나타난 차관은 마이크를 잡고 사과부터 했다. 재건과 원로 작가들의 충돌에 대해 보고를 받았고 그 대책을 또 논의한다고 지각한 참이었다.

"그러면 이제부터 2부 회의를 진행하는 것으로······."

쉬이 말을 잇지 못하는 차관의 목소리도 의기소침했다.

1부 회의 때의 활력이 사라진 좌중을 돌아보고 있으려니 할 말이 떠오르지 않았다. 거듭되는 헛기침으로 애꿎은 목젖만 혹사시키고 있었다.

바로 그때, 원로 작가 중 한 사람이 손을 들며 일어섰다.

"우리······ 민주적으로 투표를 합시다."

재건의 시선이 손을 들고 선 그에게로 향했다. 서형빈이라는 이름의 60대 작가였다. 대학 시절 재건에게 특강을 해줬던 바로 그 사람이기도 했다.

"여러분 모두 딱히 묘안이 없는 것 같아서 드려보는 말씀입니다. 물론 저도 그렇고 말입니다."

"……"

"……"

불퉁한 표정의 얼굴들이 꽤나 보였으나 여전히 회의실은 잠잠하기만 했다. 항변하고 싶어도 딱히 대책이 없는 것이다.

이 상황에서 침묵이 가장 두려운 사람은 차관이었다. 대책을 사전에 부처에서 정하지 않고 작가들에게 떠넘겼다는 비난이 자신에게 돌아올 것 같아서.

"여러분께 몹시 죄송합니다만 조금만 더 기다려 주십시오. 10분 만 실례하겠습니다."

회의실을 나선 차관은 장관과 통화해 상황을 토로하고, 장관은 다시 현장의 성득을 비롯한 문방위 위원들과 논의를 거듭했다.

덕분에 10분이면 된다던 차관의 귀환은 30여 분이 족히 지나서야 이루어졌다.

"그러면 여러분의 의견을 규합하여…… 투표를 하는 쪽으로……"

즉석에서 투표함이 만들어지고 용지가 작가들에게 하나씩 주어졌다.

급조된 용지를 손에 쥐고 재건은 실감했다. 정부 부처가 주관하는 일이라고 해서 모두가 TV 뉴스에서 보듯 질서정연하지는 않다는 것을.

이거야말로 완전히 주먹구구란 표현이 어울리는 현장 그 이상도 이하도 아니었다. 새어 나오는 웃음을 참아내기가 버거웠다.

## BIG LIFE

"그러면 개표하겠습니다."

차관보의 손으로 개표가 시작되었다. 그가 한 장, 한 장 용지를 펼치며 작가의 이름을 불렀고, 직원이 화이트보드에 그대로 바를 정을 한 획씩 그어 나갔다.

인원이 많지 않았기에 개표는 오래 걸리지 않아 끝이 났다. 문화 수교 사업을 통해 한국을 대표할 세 사람의 작가가 누구인지 모두가 볼 수 있었다.

오태진 23표

서형빈 11표

김춘식 8표

하재건 7표

박규만 3표


'끝났나.'

재건은 허심탄회한 기분으로 주변에 맞춰 박수를 쳐 주었다. 분한 마음 따위도 들지 않았다. 어쩌면 복도에서 충돌했을 때부터 일이 이렇게 되리라 예상하고 있었던 것일지도 몰랐다.

'그래도 일곱 분이나 나를 지지해 주셨다니, 기쁘네.'

4위로 탈락이 확실해진 자신의 이름을 바라보며 재건은 슬며시 웃었다.

자신의 의지에 따라 끝까지 자리를 지켰다. 그것만으로 충분했다.

결과를 앞에 두고 사방이 다소 어수선해진 사이.

"선배, 이게 말이 되는 소리예요?"

한 여기자가 분개해서 중얼거리듯 물었다. 이제야 막 수습을 벗어나 정식 기자 명찰을 단 그녀는 이 투표 결과를 용납할 수가 없었던 것이다.

"네? 선배, 웃기잖아요. 뭐라고 말 좀 해봐요."

"조용해, 자식아. 들리겠어."

"막말로 지금 한국을 대표하는 작가 뽑는 자리 아니에요? 한 사람을 뽑는 거면 또 몰라. 근데 세 명이나 뽑는데 어떻게 거기에 하재건이 못 들어가요?"

선배 기자는 대답에 앞서 착잡한 한숨을 길게 내쉬었다. 이 상황이 우스운 건 그 역시 매한가지였다.

"물론 판매량만으로 하재건 하나가 여기 모인 모든 작가 합친 거 씹어 먹고도 남지. 국내 문학상은 물론 프랑스 공쿠르에 영국 맨부커까지 휩쓸었으니 문학성을 입증한 측면에서도 뒤질 수가 없고."

"그니까 그렇게 대단한데 왜 이런 꼴이 나냐고요."

"억울해서 그런 말 나오는 건 이해하는데 그래도 수습 뗐으면 철 좀 들어라, 자식아. 바깥세상에서나 다들 하재건, 하재건 해주지. 여기 모인 작가 태반이 실질적인 인지도나 대중성을 따지겠니? 아니면 백번 양보해 진심으로 작품성이라도 따져 주겠니?"

한심하다는 듯이 혀를 끌끌 찬 끝에 선배 기자는 말을 이었다.

"그런 것보다 훨씬 중요한 연공서열부터 따져야지. 응? 다들 이 바닥에서 구른 세월이 얼만데, 나이 든 사람들은 무조건 대우를 해줘야 하는 이런 아름다운 우리 문화 몰라?"

"선배……."

여기자가 말끝을 흐리고 입을 다물었다.

선배 기자는 낡은 제 구둣발 위로 시선을 내리깐 채 호흡을 가다듬고 있었다.

"심지어 하재건은 장르 출신이지. 이런 사람들 사이에서 7표라도 받은 게 대단한 거야."

"……."

"그만 자료 정리하러 가자."

"선배……."

여기자가 가방을 고쳐 메고 몸을 돌려세웠다. 그녀의 씁쓸한 마음을 대변하듯 복도 유리창 너머의 풍경은 한껏 흐려 있었다.

158장
저 어떡해야 될까요

[문화 수교 한국 대표 작가 3인 선발 논란 뜨거워, '하재건의 이름은 어디에?']

[해당 부처 담당자, '합당한 내부 절차 따라 선발했으며 상세 과정은 향후 공개할 것'이란 입장만 반복]

[들끓는 네티즌 항의 빗발, '하재건은 한국인이 아니냐?']


또 한차례 세상이 들끓었다.

TV 언론이고 인터넷 뉴스고 난리도 아니었다. 한중 문화 수교의 일환으로 선발된 한국 대표 작가 3인에 하재건이 끼지 못한 것이다.

여론은 이해되지 않는 결과를 앞에 두고 연일 강렬한 비난을 쏟아내고 있었다.

논란의 과열이 가속화되자 해당 부처는 사흘 만에 부랴부랴 추가 입장을 발표했다. 공정한 투표가 있었음을 강조하는 한편 사전 대책 회의에 참석한 작가들의 명단을 공개한 것이었다.

그러나 이것은 오히려 여론의 울화에 불을 지폈다.


–공ㅋㅋㅋ정ㅋㅋㅋ한ㅋㅋㅋ투ㅋㅋㅋ표ㅋㅋㅋ!!!!! 지들끼리 북 치고 장구 치고는 이게 무슨 얼어 죽을 공정한 투표야ㅋㅋ ㅋㅋㅋㅋㅋㅋ

–오태진 작가가 1위인 건 지금까지의 발자취를 보면 뭐 인정할 수도 있죠. 백번 양보해 만약 한 사람만 선발하는 자리였고, 그래서 오태진 한 사람만 한국 대표 작가로 나서게 됐다고 한다면 저는 수긍하겠습니다. 하지만 3명을 뽑는데 하재건 작가가 그 안에 없다는 건 이해가 안 되네요. 대체 무슨 기준으로 투표했습니까.

–서형빈까지야 그러려니 한다. 근데 김춘식은 대체 저기 왜 꼈냐? 20년 전에 쓴 산문집 하나로 관 뚜껑 열기 직전까지 우려먹을 셈인가??

–김춘식이 작품성이건 대중성이건 하재건보다 손톱만큼이라도 나은 점이 어딨다고 저기 들어간 거냐??? 그 초연한 봄비

한 방울인지 뭐시기 하는 산문집 하나로???

─명단 보면 답 안 나오나? 보니까 저기서 장르 소설도 쓰는 작가는 하재건뿐인데 당연히 팔이 안으로 굽지. 다들 갑갑하네;;;

─하재건 그냥 제발 한국 떠나라. 이 나라는 답이 없다.

─네~ㅋㅋㅋㅋㅋ 국내 문학상이랑 공쿠르에 맨부커까지 휩쓸고, 신작 내면 한국에서만 기본 200만 부는 팔고, 전 세계 흥행 3위까지 오른 영화 원작자인데도 한국을 대표하기엔 아직 많이 부족하구요ㅋㅋㅋㅋㅋ 와, 멋지다ㅋㅋㅋㅋㅋㅋ

네티즌들의 비난이 계속되자 문학 평론가와 논설위원들도 하나둘씩 움직이기 시작했다. 기본적으로 문단 문학계에 적을 두고 있으면서도 한편으로는 여론에 민감할 수밖에 없는 직업군이다. 하루하루 더 많은 이가 하재건을 두둔하는 대세에 동참하고 있었다.

여기에 중국의 한 작가마저 친필로 작성한 사설을 내보내면서 화력을 보태주었다.

틴센트 문학 고문이면서 노벨문학상 수상자이기도 한 리즈팅이 바로 그 주인공이었다.

[중국 노벨문학상 수상 작가 리즈팅, 친필 사설 통해 개탄스러운 심정 강력하게 드러내]

"아니, 이거…… 일이 점점 커지네."

리즈팅의 사설 뉴스까지 접한 문화부 차관은 거의 제정신이 아니었다.

어느 정도의 진통은 예상하고 있었지만 이렇게까지 논란이 확대될 줄이야. 더 이상은 자기 선에서 해결 방안을 내세울 수 있는 상황이 아니었다.

"이걸 그냥 밀어붙이라니……. 속 편한 소리들이나 하고."

차관은 옷장에 머리를 들이박고 소리라도 칵 지르고 싶은 심정이었다.

성득을 비롯한 문방위 위원들과 장관의 입장은 한결같았다. 사태가 잠잠해질 때까지 계속 버티라는 전언뿐이었던 것이다.

삐리리리링! 삐리리리링!

책상 위에 놓인 전화기가 울리는 것만으로도 흠칫 놀라 몸을 떠는 차관이었다. 그는 목소리를 가다듬고 전화기를 들어 귓가로 가져갔다.

"여보세……."

-안녕하십니까, 차관님.

상대의 말이 차관의 첫 마디부터 자르면서 날아들었다.

-중앙 선전부 대변인 루추안입니다. 류바우 선전부장의 전언이 있어 이렇게 전화를 드렸습니다.

"류바우 선전부장님의 전언이요?"

차관이 의자를 빼고 몸을 앞혔다. 벌써부터 석연찮은 기미를 느끼고 미간을 좁히는 그에게 대변인의 말이 이어졌다.

─현재 선전부장께서는 하재건 선생이 한국을 대표하는 작가 명단에 들어가지 못한 결과를 납득하지 못하십니다.

"아, 그건……."

─저희 측은 노벨문학상을 수상한 리즈팅 선생님을 포함해 자랑스러운 중국 작가 3인을 내보냈습니다. 그런데 왜 한국은 그렇지 못한 것입니까. 의구심을 넘어서서 무시당하는 기분마저 든다고 하십니다.

"무, 무시라니요?"

─류바우 선전부장께서는 한국 측이 문화 수교 사업을 가볍게 여기고 무시하는 것처럼 보인다고 말씀하셨습니다. 끝으로 부디 올바른 대책을 강구해 주시기를 부탁하셨습니다. 이상입니다.

"……!"

차관은 제대로 대꾸도 못 하고 전화를 끊었다.

허둥거리기만 한다고 답이 나올 리 없는 일이다. 오래지 않아 차관은 장관에게 이 사실을 고했고 그날 안에 모든 문방위 소속 위원들의 귀에도 전해졌다.

"권 의원님, 이거 아무래도 뭔가 조치를 취해야 할 시기가 아닌가 싶습니다."

"그러게 말입니다. 중앙 선전부에서까지 직접 항의가 올 정도면 이대로 밀어붙인다는 게 참……."

주변 의원들의 만류에도 성득은 눈 한 번 꿈쩍하지 않았다. 불안한 마음이 없진 않았으나 여기까지 와서 입장을 번복하고 재건을 기용할 수는 없는 노릇이었다.

"지금 좀 시끄러울 뿐이지 또 금세 잠잠해지는 게 여론이요. 이제 와서 하재건을 명단에 넣으면 그건 또 그거대로 줏대 없다고 욕먹을 일 아닙니까?!"

"하지만 류바우가 저렇게 말했을 정도면……."

"거, 의원님들 참 걱정들 많으시네! 이 사업의 주춧돌이 류바우라고 착각을 하시나 본데 실세는 우다왕이라는 거 명심해요, 명심. 부주석씩이나 되는 사람이 그 체면에 왈가왈부 나설 건더기도 없을뿐더러, 공정하게 투표했고 다 끝난 일이니 다들 긴말하지 맙시다!"

말을 마친 성득이 짜증스럽게 넥타이를 풀며 자리를 떴다.

그렇게 끝내 변한 것은 전혀 없이 시간은 계속해서 흘러가고 있었다.

"우리 은채, 엄마가 다시 출근하니까 심심하지? 그래도 솔직히 말해봐. 아빠랑 같이 있는 게 더 좋지?"

"아빠…… 아빠빠빠."

"응, 그렇다고? 아빠도 알아. 아빠도 엄마보다 은채랑 있는 게 더 좋아. 근데 엄마한테 말하진 마라."

재건이 은채의 양 허리를 간질였다.

은채는 까르르 웃으며 고사리 같은 손으로 재건의 뺨을 만지작거렸다.

이제 제법 이목구비가 또렷해졌다. 눈매부터 수희를 꼭 닮아서 재건은 몹시 기뻤다.

재건의 일상은 시끄러운 세상과 무관했다. 오히려 행복이 절정에 다다른 시기였다. 딸과 둘이서 보내는 하루하루는 더할 나위 없는 기쁨이었다.

드르륵!

"은채야, 잠깐만. 아빠 문자 왔나 보다."

재건이 은채를 안고서 책상으로 향했다. 핸드폰을 보니 과연 한 통의 메시지가 날아와 있었다. 등록되지 않은 낯선 전화번호였다.

-악의로 똘똘 뭉친 작품 잘 읽었수다. 하재건 씨는 글 참 기똥차게 잘 써서 좋으시겠어.

"⋯⋯?!"

재건은 가슴에서 버둥거리는 은채의 존재도 일순 잊고 멍해졌다.

"누구지⋯⋯?"

짧은 메시지에 담긴 칭찬이 어쩐지 순수함과는 거리가 있어 보였다. 어딘지 모르게 자신을 향한 원망감마저 느껴지는 재건이었다.

'누가 나한테 이런 메시지를 보내지? 장난치는 것도 아니고⋯⋯.'

아무리 생각해도 이런 메시지를 보낼 만한 사람의 얼굴은 떠오르지 않았다. 자신의 번호를 아는 걸 보면 모르는 사람은 아닐 텐데 번호가 낯설었다.

고민 끝에 재건은 상대의 번호로 전화를 걸었다.

'안 받잖아⋯⋯?'

신호음이 끝나고 안내 음성이 나오도록 상대는 전화를 받지 않았다.

재건은 포기하지 않고 바로 다시 전화를 걸었다. 그러나 마찬가지로 지루한 신호음만 계속될 뿐이었다.

"아, 도대체 누구지……."

드르륵!

포기하고 돌아서는 찰나 바로 핸드폰이 몸을 떨었다. 즉시 핸드폰을 집고 액정을 본 순간 재건은 맥이 탁 풀렸다. 친구 정진으로부터 걸려온 전화였다.

"어, 정진아."

―너 목소리가 왜 그래? 너도 벌써 봤어?

"뭔 소리야? 벌써 보다니 뭘?"

―얘 아직도 모르네. 야, 지금 또 나온다. MBS 틀어봐 빨리. 중국 부주석이 네 얘기 해서 난리 났어.

"뭐……?!"

재건이 은채를 안고서 TV 앞으로 가 리모컨을 들었다. 정진의 말처럼 MBS로 채널을 변경할 필요는 없었다. 맞춰져 있던 연합 뉴스 채널에서도 우다왕의 모습이 흘러나오고 있었던 것이다.

[……따라서 우다왕 부주석은 하재건 작가를 명단에 올리지 않은 우리나라 정부의 입장이 이해되지 않음을 거듭 강조했으며, 나아가 문화 수교 사업 전개 자체를 심각하게 재고해야 할 상황임을 대변인을 통해…….]

—여보세요? 재건아? 보고 있어? 재건아?

입을 반쯤 벌리고 앉은 재건은 정진에게 대답할 정신도 없었다. 들고 있는 핸드폰으로 다른 누군가의 전화가 들어왔고, 곧이어 거실에 놓인 가정용 전화기까지 시끄럽게 울어대기 시작했다.

"어라라……?! 정진아, 나 갑자기 폰이랑 집으로 전화 막 들어온다. 내가 다시 전화할게."

재건은 정진과의 전화를 끊고 은채를 요람에 눕힌 다음 오는 대로 전화를 받았다.

래프북스 태원을 시작으로 웅성의 명석, 사무실 작가들, 누나를 비롯한 가족, 사랑하는 아내 수희에 이르기까지 연락이 계속 날아들었다. 모두가 방송을 보자 놀라서 전화를 걸어온 것이다.

"아직 나도 잘 모르겠어, 수희야. 무슨 상황인지 알아봐야지. 그래, 나 또 전화 들어온다. 매형한테도 걱정하시지 말라고 전해드리고. 저녁에 봐."

재건은 수희와 대화를 마치고 바로 들어온 전화를 받았다. 이번에는 틴센트 픽쳐스의 린민홍 부장이었다.

"여보세요, 린 부장님?"

—안녕하세요, 하 선생님. 여러 번 전화를 드렸는데 이제야 받으시네요.

"갑자기 전화가 몰려와서 그랬습니다. 저도 TV 보고 소식 들었습니다. 어떻게 된 겁니까?"

─지금 마오옌 대표님과 함께 있습니다. 류바우 선전부장님으로부터 저희도 연락받았습니다. 전언에 따르면 우다왕 부주석께서 심기가 상당히 불편하시다고 합니다. 이유는 더 말씀드릴 것도 없이 TV에 나온 그대로입니다.

재건이 뻐근해진 뒷목을 주무르며 고개를 들었다. 자신을 언급한 우다왕에 관한 뉴스는 여전히 TV에서 흘러나오는 중이었다.

"제가 어떻게 하면 되겠습니까?"

─하 선생님, 뭔가 오해가 있으신 것 같습니다. 선생님께서 뭘 어떻게 해주십사 하는 어처구니없는 부탁을 드리려고 한 것이 아닙니다. 공교롭게 이런 일이 발생하게 되어 죄송스럽다는 사죄의 말씀을 드리려는 겁니다.

린민홍이 빠르게 말을 이었다.

─부디 마음 상하시는 일 없으셨으면 합니다. 선생님의 작품을 맡은 중국 기업으로서, 그리고 개인적으로도 면목 없는 일입니다. 저희 측에서 사태를 조율하고 수습해 보겠습니다. 다만 단 한 가지…….

"망설이지 마시고 말씀해 주세요."

─하 선생님은 현재 한국 최고의 작가이십니다. 진정한 의

미의 문화 수교를 앞두고 이 점을 꼭 기억해 주십시오.

린민홍이 이런 말을 하는 저의를 재건은 즉시 이해했다. 자신이 참가하지 않을까 걱정하고 있는 것이다. 그 원인이 소수의 원로 작가들로부터 받은 압력이든 시끄러운 언론 반응이든 뭐든 간에.

ㅡ여보세요? 하 선생님?

"듣고 있습니다, 린 부장님. 알아들었고 고맙습니다. 저도 최대한 린 부장님께서 실망하시지 않도록 노력하겠습니다."

ㅡ감사합니다, 하 선생님. 지금은 그 말씀만으로도 충분합니다. 정말 감사합니다.

린민홍은 여러 차례 감사의 말을 반복한 끝에 재건을 놓아주었다. 전화를 끊자마자 재건은 집 전화를 무음으로 돌리고 소파에 주저앉았다.

드르륵!

'또 누구야.'

확인하기에 앞서 머리부터 지끈거렸다.

수희를 생각하면 핸드폰마저 꺼버릴 수는 없는 노릇이다. 손에 들고 화면을 확인한 재건은 즉시 찡그렸던 표정을 풀었다.

"한혜선 교수님!"

ㅡ어머나? 너 의외로 목소리가 아주 활기차구나?

"교수님께서 연락 주셔서 너무 좋아서 말입니다. 교수님, 저 어떡해야 될까요? 머리가 아파서 뭘 어떻게 해야 할지 대책이 안 섭니다."

이런 어리광을 부릴 수 있는 것은 상대가 혜선이기에 가능했다. 재건이 아무런 근심 없이 속을 다 털어놓을 수 있는 유일한 스승이었다.

―그러게 말이다. 모양새가 참 우스꽝스럽게 되었구나. 문단격파로 이름난 나조차 이런 사달이 나리라고는 솔직히 예측하지 못했단다.

안타까운 한숨 한 줄기 너머로 혜선은 질문을 이었다.

―이번에 사전 대책 회의에서 형빈이 만났지?

"서형빈 선생님 말씀이시죠? 물론 뵈었습니다."

혜선과 형빈은 같은 대학 선후배 출신이다. 성격과 문학적 지향점이 곧잘 맞아 친남매처럼 사이가 좋다는 사실도 오래전에 언뜻 들어 알고 있었다.

―그 형빈이가 엊그제 찾아와 밥 한 끼 함께 먹었다. 정말 많이 고민했는데 자기는 빠져야겠다고 하더구나.

"……빠지신다고요?"

―그래, 문화 수교 대표 작가 자리 말이다.

재건의 얼굴에서 웃음기가 사라졌다. 형빈은 11장의 표를 받아 태진의 뒤를 이어 2위로 선발된 작가다. 재건은 그를 진심으로 축하해 주고 있었다. 대학 시절부터 그의 인격과 작품을 높이 평가해 왔으니까.

이어지는 혜선의 말이 의문을 풀어주었다.

─내게 대신 말을 전해달라고 부탁했어. 자기가 하차하면 그 자리를 꼭 재건이 네가 채워달라고 말이다.

"그게 무슨…… 교수님?"

─형빈이가 그랬다. 사사로운 감정으로 얼룩진 작금의 문학계에 통탄을 금치 못하겠다고. 심지어 작년에는 표절이 입증된 작가마저 쉬쉬하며 안으로 싸고도는데 더는 이 난장판에서 견딜 수 없던 참이었다고.

"……"

─객관적으로 따져도 재건이 네가 자기보다 훨씬 나은 작가이니 겸손 찾으면서 사양하진 말아달라고 덧붙였다. 자신의 결정이고 뒤따르는 책임도 온건히 자신의 것이니 반박은 꿈도 꾸지 말라는구나.

말끝으로 혜선은 웃었지만 재건은 도저히 입꼬리 한 번 실룩일 수가 없었다. 그 대신 한 차례 심호흡을 하고 대답했다.

"저는 반박할 자격이 있습니다."

─자격이라니?

"저 그날 서형빈 선생님께 투표했습니다. 그 11표 중 하나는 제 것입니다."

─후후, 그랬었구나. 그래도 소용은 없겠다. 형빈이도 너한테 투표를 했다고 하니까.

"……!"

─형빈이 마음 알겠지, 재건아? 형빈이의 빈자리에 들어갈 자격 갖춘 작가, 그 명단에서는 너뿐이란다.

재건은 할 말을 잃고 어금니를 꾹 깨물었다.

침묵이 계속되었지만 혜선은 채근하지 않았다. 제자가 어떤 심정으로 무슨 표정을 하고 있을지 잘 알기에.


BIG LIFE


서울 한 대학교의 문예창작학과 강의실.

"응?"

교재를 챙겨 들고 안으로 들어선 춘식은 자기도 모르게 손목을 들고 시계를 내려다보았다.

역시나 착각이 아니라 강의 시작 시각이 맞았다.

"뭐지? 이거 왜 이렇게 한산해?"

춘식이 텅텅 비어 있다시피 한 책상들을 돌아보며 물었다.

수십 명이 기다리고 있어야 할 강의실에 고작 8~9명의 학생밖에 없는 것이다. 심지어 이 소수도 죄다 수필론 수업 때문에 국문학과에서 온 학생들이었다. 다들 무료하기 짝이 없는 표정이었다.

"이보게들, 오늘 무슨 날인가?"

"……화요일입니다, 교수님."

창가 쪽 뒷자리에 앉아 있던 한 학생이 메마른 목소리로 대꾸했다.

멍청히 그를 바라보던 춘식은 이내 콧등을 구기며 혀를 끌끌 찼다.

"아무튼 요즘 학생들 개념을 완전히 상실했어. 성실하지 못한 것도 문제지만 기본적으로 스승을 향한 존경심이 없단 말이야. 이게 단체로 뭔 짓거리야?"

한껏 골이 난 얼굴로 툴툴거리며 돌아선 순간, 새하얀 칠판을 보고서 춘식은 그 자리에 얼어붙었다. 한가운데에 큼지막한 대자보가 떡하니 붙어 있었던 것이다.

[김나은을 비롯한 저희 문예창작학과 1학년생 일동은 김춘식 교수님의 사퇴를 요구하는 한편 수업을 거부합니다.]

"이, 이게……?!"

춘식이 두 눈을 까뒤집고 치를 떨었다.

갑작스러운 수업 거부라니 이게 무슨 소린가.

그는 가까스로 몸을 돌려세워서는 몇 없는 학생에게 더듬 더듬 물었다.

"뭐, 뭐야 이거? 자네들 몰라?"

"모르는데요."

"처음부터 붙어 있었습니다."

국문학과 학생들은 대자보에 전혀 흥미가 없었다.

분노로 온몸을 떠는 춘식에게도 무관심했다. 그저 빨리 이 시간이 흐르고 수업이 끝나기만을 바라는 눈치들이었다.

춘식은 출석을 확인하자마자 자습하란 말만 남기고 도망치듯 강의실을 나섰다. 그러고는 곧장 조교를 찾아가 연유를 따지고 들었다. 이유를 알게 된 그는 안색이 새파래졌다.

"구병민이랑 지석일이가……?!"

"저, 저는 교수님께서 이미 아시리라고……!"

조교는 울 것 같은 표정으로 어쩔 줄을 모르고 허둥거렸다.

춘식은 재빨리 컴퓨터로 가 인터넷으로 자신의 이름을 검색했다.

과연 조교의 말대로였다. 사전 대책 회의에 참석했던 몇몇 작가가 자신을 향한 강한 비판을 쏟아냈던 것이다.


[지석일 작가 SNS 게시글 논란, '김춘식 포함한 몇몇 작가 알력 작용했다. 선배로서 하재건 작가에게 면목 없다']

[구병민 작가, '더 이상 양심을 거스를 수 없다. 서형빈 선배가

스스로 물러선 것도 이와 관련 있을 것]

"이런 망할 노친네들이 단체로 노망이 났나……!"

하악골이 나가 버린 것처럼 춘식의 아래턱이 덜덜 떨렸다. 다섯 손가락도 마우스 하나를 제대로 쥐지 못할 만큼 격렬히 요동치고 있었다.

어딜 봐도 자신을 욕하는 댓글들뿐이었다.

꾸르르륵……!

"으으윽!"

춘식이 아랫배를 부여잡고 일어섰다. 본디 과민성 대장 증후군이 있어 화가 나면 바로 신호가 오곤 하는 몸이다.

그는 사무실 문을 벌컥 열고 나가 화장실로 뛰어들었다.


이제 막 바지를 내리고 변기에 앉았을 때.

"야, 김춘식 교수 얘기 들었냐?"

문밖에서 학생들의 목소리가 들려왔다.

자신의 이름이 거론되자 춘식은 힘도 주지 못하고 숨을 죽였다.

"아, 문화 수교에서 하재건한테 지랄한 거?"

"존나 웃기긴 한데 찌라시 아니냐?"

"찌라시가 아니라 구병민이랑 지석일 작가가 양심선언 했다니까. 서형빈 하차하겠다는 입장 밝히고 나서."

"진짜 대단하다. 문창과 애들 보면 전부 김춘식 꼰대라고 욕하잖아. 괜히 나온 말이 아니라니까."

"이건 진짜 존나 블랙코미디야. 김춘식이 뭐 썼냐? 지금까지 쓴 모든 책 합쳐 봐야 하재건 책 하루 판매량이나 되겠냐?"

학생들의 낄낄거리는 웃음소리가 화장실을 울렸다.

춘식은 두 귀를 틀어막았다. 주머니에서 울리는 핸드폰도 기겁해서 무음으로 즉시 바꿨다.

끼이익.

거의 1시간이 지나서야 춘식은 겨우 화장실에서 빠져나왔다. 하도 오래 변기에 앉아 있었더니 두 다리가 몹시 저렸다. 학생들에게 들키지 않으려고 걸음을 질질 끄는데 또 전화가 걸려왔다. 문화부 차관이었다.

"예, 차관님…… 김춘식입니다."

—안녕하십니까, 김 선생님. 그게…… 이런 얘기 꺼낸다는 게 참 그렇습니다만…… 지금 사태 아시지요?

춘식의 어금니가 빠드득 갈렸다.

"네……! 아주 잘 알고 있지요……! 저를 시기하는 몇몇 작가가 선동과 날조를 무기 삼아 저에게 모욕을 가하고 있는 사태 말씀이시군요……!"

─그게 참…… 김 선생님께서도 입장이 많이 곤혹스러우시겠습니다. 아니, 이거 무슨 이런 일이…….

차관은 짐짓 딱하다는 듯이 말끝을 흐렸다. 하지만 어디까지나 겉치레의 서론에 불과했다. 갑작스레 강경해진 어조로 그는 말을 이었다.

─김춘식 선생님.

"말씀해 보십시오."

─이런 말씀드리기 굉장히 죄송스럽습니다만, 이번에는 여론의 문제도 있고 하니…… 선생님께서 한 번…….

춘식이 양 광대뼈가 무너질 것처럼 흔들렸다. 차관이 자신의 하차를 요구하고 있다는 것을 알아듣지 못할 바보는 아니었다.

"저더러 지금 스스로 물러나라는 말씀이십니까?"

─김 선생님, 그러니까…….

"아니, 제가 왜요? 왜 제가 물러나야 합니까? 저는 정당한 투표를 거쳐 8표를 얻었고 당당히 명단에 올랐습니다만? 왜 저더러 사퇴를 하라는 겁니까?"

─아, 물론입니다. 정당하게 오르셨지요. 하지만 악화되는 여론도 있고, 김 선생님을 향한 세간의 이미지도 고려해서 이번엔 한번 양보를 해주심이 어떨까 해서 말씀을 드리는 겁니다. 사실 저도 입장이 굉장히 곤란합니다.

차관의 말은 거의 애원에 가까웠다.

그러나 춘식은 남의 사정을 헤아리는 데에 취미가 없는 사람이었다.

"지금 제일 고통스러운 건 저 아닙니까? 차관님 입장 곤란하고 말고가 지금 이 상황이랑 뭔 관계가 있어요?!"

춘식이 매몰차게 쏘아붙였다. 통화하고 있는 차관도 어쩔 수 없는 사람이었다. 발끈한 그는 곧바로 맞받아쳤다.

─그래요 김 선생님, 말이 나온 김에 여쭤나 봅시다. 한국을 대표할 만한 작가로서 내세울 작품이 뭐가 있으십니까?

"뭐, 뭐라고요……? 지금 차관님 절 모욕하시는 겁니까?"

─모욕이 아니라 사실 여부를 따져나 보자는 겁니다. 20년 전 수필집 이후로 뭐 하나라도 있었습니까? 소설집 3~4작품 내신 것도 그다지 좋은 평가를 받지 못한 걸로 알고 있는데요.

"이보십시오! 차관님!"

─솔직히 제가 그날 무슨 말까지 들었는지 아십니까. 투표할 때 김 선생님이 자기 이름 써서 낸 거 아니냐는 말이 들려오더군요. 그게 사실이든 아니든 그만큼 주변 반응이 안 좋은데, 한 번쯤은 모든 걸 내려놓고 마음을 비우실 줄도 아셔야 하는 거 아닙니까?

"됐, 됐습니다! 저도 모르겠으니 이만 전화 끊으시죠!"

춘식이 불처럼 소리치고는 전화를 끊었다.

수치심으로 미쳐 버릴 것 같은 와중에도 그는 자신을 의심한 작가가 누구인지를 생각하고 있었다. 왜냐하면 사실이기 때문이었다.

159장
실화

"요즘 아버지께서 따로 작업실을 구하셨습니다. 그래서 저도 자주 뵙지 못하고 있습니다."

"아아, 네⋯⋯."

재건이 고개를 주억거렸다. 태진에 관한 안부를 묻자 나온 명석의 대답이었다.

"벌써 또 4월이군요."

"그러게 말입니다. 시간이 참 빨리도 흘러가요."

오랜만에 만난 명석과의 점심 식사 자리였다.

웅성출판그룹의 수장이 된 명석에게서 재건은 아무런 변화를 느끼지 못했다. 굳이 따지자면 전보다 훨씬 바빠졌고, 까닭에 자신의 글을 편집해 줄 수 없게 됐다는 안타까움이 살짝 더해졌을 뿐.

"참 많이 시끄러웠죠. 마음고생이 많으셨겠습니다, 하 선생님."

"아닙니다. 오히려 저 때문에 많은 분이 피곤하셨지요."

한중 문화 수교 대표 작가 3인은 오태진, 하재건, 김춘식으로 마무리되었다.

따스한 봄바람이 불어오기 시작하면서 시끄러웠던 여론도 점차 잠잠해져 가는 시기였다.

"아무튼 오늘은 오 대표님께서 정말 귀한 시간 내주셨으니 무슨 소설을 써야 할지 의견 좀 잔뜩 들어야겠습니다."

"하하, 네. 문화 수교에 내실 작품 기획 말씀이시군요."

"회장님께도 고견을 청하고 싶었는데 안타깝습니다."

"……."

명석은 대꾸할 말을 찾지 못하고 두 눈을 내리깔았다.

아버지의 작품이 표절이라고 의심하고 있다는 것도, 그래서 사이가 냉랭해졌다는 것도 재건 앞에서 꺼낼 얘기는 아니었다.

바로 그때.

드르륵!

"죄송합니다, 잠깐만요."

재건이 주머니에서 진동하는 핸드폰을 꺼내 들었다. 액정에 떠오른 번호를 본 그는 무심코 몸을 일으켰다. 등록된 번호 위의 이름은 '의문의 독자'였다.

"여보세요?"

─실례합니다. 저는 경주 건천파출소에서 근무하는 경장 최현주라고 합니다. 혹시 하재건 선생님 맞으십니까?

여성의 목소리에 재건은 화들짝 놀라 두 눈을 치켜떴다. 경찰이라니 전혀 뜻밖의 대상이었다.

"아, 네. 맞습니다. 제가 하재건인데 무슨 일이시죠?"

─혹시 서상도 씨라고 아십니까?

"네⋯⋯?"

─서상도 씨 핸드폰을 보고 연락드렸습니다. 유일하게 메시지를 보낸 기록 하나가 남아 있는데 그게 하재건 선생님이셔서요.

재건은 마주 앉은 명석의 존재마저 잊어버리고 온몸을 굳혔다. 그 메시지를 보낸 사람이 서상도였다는 것보다도 이어지는 경찰의 말이 더더욱 충격이었다.

─여보세요? 하재건 선생님? 선생님?

"들었습니다⋯⋯. 지금 당장 가겠습니다."

심각하게 재건을 바라보고 있던 명석마저 자리에서 일어서고 있었다.

당장 가겠다니, 어딜? 이제부터 자신과 소설에 관해 상담하기로 해놓고 갑자기 무슨 일이 생긴 걸까.

"네, 네. 바로 출발하겠습니다. 고맙습니다. 부탁드릴게요."

전화를 끊고 난 재건은 한없이 창백한 안색으로 이마를 싸맸다. 경황없는 시선을 이리저리 뒤흔드는 그에게 명석이 먼저 물었다.

"무슨 일이십니까, 하 선생님? 굉장히 다급한 전화 같았습니다만……."

"오 대표님, 대단히 죄송스럽습니다만 예상치 못하게 심각한 문제가 생겨서 소설 상담은 다음에 부탁드려야 할 것 같습니다."

"그런 말씀 마시고 우선 일어나십시오. 목적지가 어디십니까? 모셔다 드리겠습니다."

명석은 달리 이유도 묻지 않았다. 재건이 인간적인 예의와 약속을 얼마나 중시하는 인간인지 안다. 그런 그가 이렇게 허둥거릴 정도면 보통 일이 아닐 터다.

"아닙니다, 대표님. 오늘은 제가 차도 가져왔으니 직접 다녀오면 됩니다."

두 사람이 식당을 나서 주차장으로 들어섰다. 재건은 자기 차의 문을 열고 타기 직전 명석을 돌아보았다.

"마음 써주셔서 정말 감사드립니다. 오늘 대표님께 끼친 실례 반드시 다음에 배로 갚겠습니다."

"부디 안전운전 하시고 연락 기다리고 있겠습니다."

부르릉!

재건은 시동을 걸고 즉시 내비게이션을 경주 모처의 대학병원으로 설정했다.

일이 이렇게 되느라고 차를 끌고 나오게 된 걸까. 더불어 한산한 상태의 도로도 고마웠다.

"단순 실족 사고인지 혹은 다른 여부인지는 아직 확인하지 못했습니다. 환자분 의식이 돌아오지 않아서요."

경찰의 말을 곱씹는 재건의 낯빛이 한층 어두워졌다. '다른 여부'라는 표현은 결국 자살 시도를 에둘러 가리킨 것일 테니까.

심지어 만약 자살 시도가 분명하다면 대체 그간 어떤 삶을 살아왔다는 말인가. 편지를 남기고 사라진 후부터 어딘가에서 잘 지내고 있기만을 바랐는데.

재건은 연유를 파악하기에 앞서 울고 싶은 심정이었다.

'그러고 보니 건천파출소라면……'

꿈에서 본 '겨자 목욕탕'을 따라 수희와 방문했던 곳이다. 어쩌면 대선배가 봤던 풍경일지도 모르는 그 장소로 이번엔 그의 아들을 만나러 간다.

단순한 우연의 일치일까. 어쩐지 아니라고 생각되면서도 그들 사이로 떠오르는 접점은 없었다.

어느새 저 앞으로 톨게이트가 보이기 시작했다.


## BIG LIFE


'그러지 마세요, 아버지.'

햇살이 따사로운 어느 봄날의 동물원.

이제 중학생인 상도는 터지려는 눈물을 한사코 참아내고 있었다. 깨문 입술이 아팠지만 놓아줄 수가 없었다.

오랜만에 시간을 내준 아버지와 단둘이 나선 소풍이었다. 하지만 아버지는 그의 곁에 없었다. 웬 다른 가족의 테이블에 가서는 그 집 아들의 글을 읽고 극찬하느라 여념이 없는 것이다. 즉석에서 첨삭 지도까지 해가며 이름과 전화번호를 묻기까지 했다.

'나도 열심히 쓰고 있는데…… 이번 글짓기 대회에서도 전교 1등 했는데…….'

그렁그렁 고이는 눈물을 더 이상 어쩔 도리가 없었다.

상도는 고개를 돌리고 울음을 한껏 삼켰다. 그리고 상 위에 덩그러니 놓인 김밥을 집어 먹으면서 마음을 다잡았다.

아직 어린 나이였지만 막연하게나마 알 것도 같았던 것이다.

아버지는 글에 관해서만큼은 감정에 휘둘릴 사람이 아니다. 아들인 내가 미워서 저러고 있을 리가 없다. 이건 그저, 나보다 5~6살은 족히 어려 보이는 저 아이가 훨씬 글을 잘 쓰기 때문일 것이다.

"상도야, 너도 이리 와서 사과 좀 먹어라."

상도는 들은 척도 하지 않았다. 급기야 그쪽 가족의 아버지가 자기 아들을 상도에게 보냈다.

두 손에 사과 쟁반을 든 소년이 해맑은 미소로 얼굴을 불쑥 내밀었다.

"형아, 사과 드세요."

"……."

"형아, 어른들이 사과 드시래요. 형아?"

"……그냥 가."

소년은 물러서지 않고 거듭 사과를 권했다.

결국 먼저 자리를 박찬 쪽은 상도였다.

수돗가에서 연거푸 얼굴에 끼얹었던 차가운 물의 감촉과 함께 좀처럼 잊어버릴 수 없는 기억의 끝이었다.


"그냥 가라고…… 제발 그냥 사라지라고……."

"서상도 선배님, 정신 드세요?"

"……?"

상도가 두 눈을 살며시 떴다. 파르르 떨리는 눈꺼풀 사이로 보이는 세상도 흔들리고 있었다. 점차 초점이 안정되면서 사과를 권하는 소년의 얼굴이 보이기 시작했다.

"선배님? 저 보이시죠?"

소년이 생김새와 달리 굵직한 어른의 목소리로 물었다. 상도는 두 눈을 가늘게 뜨고 소년을 뚫어져라 바라보았다.

아침 호숫가에 피어오르는 물안개처럼 소년의 형체가 흐려지더니 그 자리에 재건의 얼굴이 나타났다.

"다, 당신은⋯⋯?"

"저 알아보시겠어요? 하재건입니다. 연락받고 바로 달려왔어요. 지금 6시간 만에 깨어나신 거예요."

상도의 멍한 시선이 하릴없이 재건의 낯 위를 맴돌았다.

비로소 조금 전까지 보았던 풍경이 꿈이었음을 깨달았다. 나아가 현실의 눈앞에 재건이 자리하고 있다는 사실마저 인지하기까지는 꽤나 시간이 걸려야 했다.

"⋯⋯."

상도는 입을 다물고 고개를 반대편으로 돌렸다. 부러진 팔다리를 비롯해 온몸에서 통증이 밀려오고 있었지만 그보다 아픈 건 마음이었다.

재건도 더 묻지 않고 가만히 기다렸다.

다만 두 눈은 상도의 몇 없는 소지품을 바라보고 있었다.

낡은 가방 속으로 비치는 한 권의 책은 자신의 작품 '악의'
였다.

## BIG LIFE

"이미 집필 들어갔습니다. 단편이니 몇 달 걸리지 않을 겁
니다."

춘천 모처에 위치한 개인 별장.

핸드폰에 대고 태진이 말했다. 한 손으로는 작은 USB 메
모리를 만지작거리고 있었다.

─정말 대단하십니다, 회장님. 그토록 좋은 글을 이렇게
빨리 써주실 수 있다는 것이 참, 저와 같은 범인은 상상조차
못 하겠습니다. 문화부 장관으로서 어떻게 감사의 말씀을 드
려야 할지.

"허허, 아닙니다. 그저 한중 문화 수교에 누를 끼칠 작품
만 아니었으면 좋겠다는 바람입니다."

얼마간 더 통화한 후 태진은 전화를 끊었다.

열린 창문을 통해 부드러운 훈풍이 흘러들고 있었다. 태진
은 흔들의자에 앉힌 몸을 앞뒤로 천천히 흔들며 웃었다.

"후후후…… 이런 맛이군."

예전의 태진에게는 보이지 않았던 새로운 풍경이었다. '다

섯 개의 꿈'을 출간한 뒤로 자신을 둘러싼 세상 자체가 뒤바뀐 느낌이었다.

두루뭉술한 표현 일색이었던 평론가들이 이제는 너 나 할 것 없이 진심을 담아 극찬하고 있었다. 인터넷에 연일 쏟아지는 독자들의 갈채 또한 이루 헤아릴 수 없을 정도였다.

"이제야 알겠어⋯⋯. 대학 시절부터 자네가 어떤 희열 속에서 살아왔을지 말이야. 겉으로는 초연한 척했지만 속으로는 한없이 쾌감을 느끼고 있었겠지. 그 명예가 어떤 느낌인지 내가 요즘 아주 제대로 실감하고 있다네."

여전히 태진은 손에 쥔 USB 메모리를 놓지 않고 있었다.

'다섯 개의 꿈'이 그랬듯이, 한중 문화 수교의 일환으로 낼 작품도 이 보고로부터 하나 꺼내올 생각이었다.

처음 두 번은 죽을 것처럼 괴로웠다. 스스로가 벌레보다 못한 존재로 여겨졌고 오래도록 악몽을 꾸기까지 했었다.

하지만 이제는 그것도 지나 버린 이야기.

치아를 드러내며 웃는 지금의 태진에게는 한낱 거리낌이 없었다. 오랜 벗이 남기고 간 모든 것을 자신의 이름으로 소화시킬 준비가 끝났다. 마음을 먹고 난 까닭인지 이렇게 하는 것이 당연한 수순으로 여겨지기까지 했다.

"억울할 것 없어, 자네."

서랍을 연 태진이 낡은 흑백사진 하나를 꺼내 들며 중얼거렸다.

20대 초반이었던 시절의 사진이다. 자신의 옆에 선 마른 체구의 벗을 바라보며 그는 말을 이었다.

"자네 글이 세상에 통한다는 걸 입증시켰잖은가. 다만 내 이름인 건 이해하게. 그 긴 세월 자네에게 공들였던 내 청춘의 값으로 셈하면 되지 않겠는가."

문득 태진의 얼굴에서 웃음기가 점차 사라져 갔다.

새삼스레 진실을 상기한 까닭이다. 장남을 비롯한 세상 모든 사람은 모를지언정 자신과 벗마저 속일 수는 없었다.

"어차피 자네는 이 많은 글줄의 태반을 무덤까지 가져갔을 거 아닌가. 그러니까 차라리…… 내게…… 내게 고마워해야 할 노릇 아닌가……!"

손안의 사진이 구겨졌다. 기어코 태진은 구기다 못해 사진을 벅벅 찢어버렸다.

조각조각 바닥으로 흩뿌려지는 파편들 사이에서 둘 사이의 오랜 우정은 더 이상 찾아볼 수 없었다.


BIG LIFE


"불편하신 점 없으세요?"

"돈 자랑하겠다고 야단법석을 피우는데 뭐, 응해드리는

정도야 어려울 게 있나."

신랄하게 되돌아오는 상도의 대답이었다.

1인 전용 특실부터 간병인 서비스에 이르기까지, 재건이 마련해 준 모든 편의를 비꼬고 있었다.

사고가 난 이후로도 어느덧 두 주가 흘렀다. 재건은 거동을 전혀 하지 못하는 상도를 보러 서울에서 경주까지 매일 출근하다시피 하고 있었다. 수희가 은채를 데리고 친정에 가는 주말은 아예 경주에서 숙박하는 일도 서슴지 않았다.

그사이 상도는 거의 말이 없었다. 자살 시도가 아니라 실족 사고였다는 점을 빼고 그가 제대로 해준 얘기라고는 없었다.

재건이 옆에 앉아 있건 말건 창밖의 봄 풍경에만 눈을 고정시킨 채 하루를 보냈다.

솔직히 재건은 상도가 발을 헛디뎠다는 말도 온건히 믿지 못하고 있었다. 그도 그럴 것이 상도의 상태가 극히 나빴기 때문이다.

밤이면 악몽을 꾸며 신음하고, 거의 오열하듯 술을 찾곤 했다. 그런 상도의 모습을 보노라면 최근 몇 년간 어떤 삶을 살아왔는지 질문하는 것 자체가 두려워지는 재건이었다.

묻고 싶은 것은 한두 가지가 아니었다.

그동안 무슨 일이 있었는지, 원망 어린 메시지를 보냈던 이유는 무엇인지, 어째서 경주에 내려와 있는지, 그리고 재

회한 지금까지 적대하듯 바라보는 눈초리에 담긴 극한 감정
은 어떤 것인지.

어쨌든 재건은 결코 재촉하지 않았다. 병상에 누운 상도는
살짝만 쥐어도 날아갈 것 같은 한 마리 연약한 새였다.

재건은 그저 차분히 기다리기로 했다.


그러던 어느 날.

드르륵!

진동하는 핸드폰의 기척에 재건이 고개를 들었다. 표정엔
놀란 기색이 역력했다. 지금껏 단 한 번도 울린 적이 없던 상
도의 핸드폰이기 때문이었다. 무심코 본 액정 위로는 '강연
주'라는 이름 세 글자가 떠오르고 있었다.

"……."

상도가 상대를 확인하자마자 핸드폰을 베갯속으로 파묻었
다. 얼마간 더 지속되던 진동이 그쳤고, 그는 천장을 향해 긴
한숨을 내쉬었다.

그 모습을 보고 재건은 직감했다.

조금 전 걸려온 한 통의 전화가 상도의 마음 한구석에 뭔
가 변화를 줬다.

"뭐가 궁금해요?"

"……네?"

갑작스러운 질문이어서 재건은 당황했다.

상도는 무표정하게 천장을 올려다보며 말을 이을 뿐이었다.

"뭐가 궁금해서 계속 내 옆에 죽치고 있냐고. 더는 보고 싶지 않으니까 할 말 있으면 후딱 하고 찢어집시다."

재건은 빠르게 그간 묻고 싶었던 점들을 뇌리에 떠올렸다.

하지만 의지와 달리 입술이 열렸고 본능적으로 첫 질문이 튀어나왔다.

"혹시 저를 미워하십니까?"

"······."

"제 짐작이 맞다면 그 이유를 알고 싶습니다."

"······."

"제게 주신 아버님의 커다란 삶을 읽고 존경심이 더욱이 커졌습니다. 어떤 방법으로든 꼭 유종의 미를 거둘 수 있었으면 좋겠다고 생각했어요. 그래서 서상도 선배님을 반드시 만나야 했습니다."

"유종의 미는 얼어 죽을······."

상도의 혼잣말은 너무도 작았다.

붉은 그의 두 눈에 눈물이 가득 고였다. 관자놀이를 타고 질펀하게 흘러내리는 슬픔을 그는 굳이 숨기지 않았다.

"당신 잘못이 아냐."

"네?"

"그때 당신과 그렇게 만나고…… 전국을 유랑하면서도 당신 글은 나오는 대로 읽었어. 세상으로부터 눈과 귀를 막고 살면서도 당신 글은 외면할 수가 없었거든."

호흡을 가다듬는 상도의 가슴이 한껏 부풀어 올랐다.

"제 아버지 글을 표절해 놓고서도 글쟁이 기질이 남아 있었던 거겠지. 그리고 당신이란 사람이 궁금했어. 생전 만나본 적도 없는 우리 아버지한테 관심을 가져준 당신 말이야."

"선배님, 저는……."

"당신은 말하지 마! 나만 말할 거야!"

상도가 우는 얼굴로 버럭 소리쳤다.

재건이 즉시 입을 다물었고 그는 콧김을 픽픽 뿜으며 으르렁거리듯 말을 이었다.

"당신 글을 읽으면 읽을수록 그런 생각이 들더군. 괜히 우리 아버지 무덤과 인연을 맺은 인간이 아니구나. 나처럼 무능력한 놈이 아니라 당신이 아들이었으면 우리 아버지 엄청 좋아했을 텐데……."

상도가 골절되지 않은 온전한 팔을 들고 젖은 얼굴을 훔쳤다.

다시 움직인 손은 가방 속으로 들어가 '악의'를 꺼내 들고 있었다.

"정확히 서른 번 읽고 서른 번 오열했수다."

"……?"

"대단한 작품이더군. 그래서 눈물이 나더란 말이지. 얼마나 열심히 썼으면 나날이 이토록 발전할까. 난 그사이에 뭘 했지? 표절한 주제도 망각하고 아버지를 증오했지. 그리고 소중한 청춘의 세월을 낭비했어. 이게 아버지를 향한 복수가 될 거라고 스스로 위안하면서……."

"……."

"이제 내가 당신을 미워하는 이유를 알겠지. 당신만 보면 속이 뒤틀려. 생각하기 싫은 내 지나간 과오를 떠올리게 만들거든. 그러니까……."

거기까지 말하고 난 상도가 베갯속에 넣었던 핸드폰을 꺼내 들었다. 그리고 한 손으로 어렵사리 손가락을 놀렸다.

잠시 후 재건은 자기 주머니 속의 핸드폰이 진동하는 것을 느낄 수 있었다.

"전화번호와 주소 보냈소."

"……무슨 말씀이신지?"

"우리 아버지 위해서 유종의 미를 거두고 싶다면서? 직접 가서 보시고 맘에 들면 가져가시든가. 저작권이고 뭐고 양도 필요하면 서류 가져와. 미련 없이 내드릴게."


약 10분 후.

운전석에 오른 재건은 내비게이션을 설정하고 있었다.

강연주라는 여자가 사는 곳은 병원에서 멀지 않았다. 주소는 경주시 건천읍. 겨자 목욕탕을 보러 다녀갔던 그 장소를 향해 재건은 액셀을 밟았다.

## BIG LIFE

'묘해, 기분이……'

예전에 지나쳤던 읍사무소가 길 너머로 보였다.

겨자 목욕탕도 예전 그곳에 허름한 모습 그대로 자리하고 있었다. 오래전 목욕탕의 기능을 상실한 건물은 이제 새 주인의 창고로, 혹은 동네 아이들의 비밀 기지로 오늘까지 이용되고 있으리라.

'그때 봤던 남매도 꽤나 자랐겠지. 오빠는 이제 중학생 됐겠고…… 여동생은 여전히 울보일까.'

재건은 낯설지 않은 마을의 풍경을 뒤로하고 계속해서 차를 달렸다. 내비게이션이 가리키는 목적지까지는 아직도 수 킬로미터를 더 가야만 했다.

사방은 온통 논밭. 드문드문 세워진 건물도 대부분이 단층 주택이라 시야가 탁 트였다. 안개에 휩싸인 야트막한 산세가

병풍처럼 배경을 장식하고 있었다.

'천포초등학교 지나 삼거리에서 우회전…….'

급격하게 폭이 좁아진 길 양옆으로 민가가 줄을 이었다. 낡았지만 그래서 서정적인 인상을 간직한 옛집들이었다.

재건은 얼마 남지 않은 거리를 확인하고 속도를 천천히 줄였다.

'……여긴가.'

재건은 토담이 둘러쳐진 낡은 집 앞에서 차를 멈추고 내려섰다.

콧잔등까지 올라오는 담의 높이가 상당했다.

까치발을 하고 들여다보니 무성한 수풀만 머리를 내밀고 있었다. 그 틈바구니로 잿빛 기와지붕이 어슴푸레 보였다. 제법 반듯한 모양새가 사람의 손길을 타고 있음을 짐작게 했다.

'집에 있으려나.'

파란 대문 좌우 어딜 보아도 초인종은 없었다.

탕! 탕! 탕!

문을 두드려 보았지만 돌아오는 건 새소리뿐이었다.

재건은 마지막 방법으로 핸드폰을 꺼내 들었다. 상도가 일러준 번호로 전화를 걸었지만 몇 번을 걸어도 강연주라는 여자는 받지 않았다.

끼이익.

바람 탓이었을까.

파란 대문이 녹슨 소리를 내면서 살짝 열렸다. 재건은 고지식한 기질 탓에 잠시 망설이다 안을 들여다보았다.

무수한 잡초들 사이로 큼직한 연못이 비쳤다. 거기에서 새파랗게 자라나고 있는 수초를 보니 문득 등골이 서늘해졌다.

'지붕이 관리되는 걸 보면 사람이 사는 것 같긴 한데 이건……'

폐가나 다름없는 풍경 앞에서 머뭇거리는 그때, 안뜰 깊숙한 곳에서부터 인기척이 일더니 급기야 한 여자가 모습을 나타냈다.

나이는 대략 20대 후반일까. 아직은 입기 이른 반팔 티셔츠에 청바지 차림이었다. 안색이 붉은 데다 가슴 앞에 찬 앞치마는 먼지로 범벅이어서 뭔가 바쁘게 작업하고 있었나 하고 재건은 생각했다.

"……?"

"아…… 저기……."

불시에 시선이 마주치자 재건은 당황했다. 수상한 사람이 아니라고 해명하려는 찰나에 여자가 먼저 질문을 던져 왔다.

"혹시 하재건 선생님이세요?"

"아, 네. 맞습니다."

대답을 들은 여자가 한달음에 잡초를 제치고 연못을 지나 달려왔다.

재건의 코앞까지 다가온 그녀는 웃으며 인사를 건넸다.

"안녕하세요, 강연주라고 합니다. 아까 연락은 받았는데 서고를 정리하느라 핸드폰을 잠시 못 보고 있었어요."

"아닙니다. 갑자기 찾아온 제가 사과드릴 일입니다."

"어서 들어오세요. 누추해서 죄송해요."

"아, 그럼…… 잠깐 실례하겠습니다."

재건은 연주의 뒤를 따라 안뜰을 가로질렀다. 대문 바깥에서는 보이지 않았던 한옥이 나타났다. 연주가 먼저 신발을 벗고 마루 위로 올라가서는 슬리퍼를 내놓았다.

"이걸 신으세요. 온 집 안을 뒤집어 놔서 발이 더러워지실 거예요."

"고맙습니다."

"가져가실 짐은 서고 안에 있어요. 뒤쪽 별채를 서고로 사용하고 있거든요. 따라오세요. 여기서부터 슬리퍼 신고 오셔도 괜찮아요."

연주를 따라 서고로 향하면서 재건은 집이 상당히 넓다는 것을 실감했다.

더불어 묘한 이질감은 점차 또렷해졌다. 을씨년스럽기까지 한 이 옛집과 싱그럽고 활기찬 아가씨는 도통 어울리지가 않는 것이었다.

'특별히 다른 가족은 없는 것 같고.'

재건이 속으로 고개를 갸웃거렸다.

그 마음을 읽기라도 한 것처럼 연주가 별채 문을 열다 말고 돌아보며 말했다.

"집이 많이 낡아서 괴로우시죠? 사람이 죽치고 살아야 집이 집답게 유지가 되는 건데. 어머니 돌아가신 뒤로 아무도 살지 않게 됐어요. 제가 이따금 와서 청소를 하긴 해도 이 넓은 집을 혼자서 감당할 수가 있어야죠."

"그럼 연주 씨는 다른 곳에 사시는군요."

"네, 삼거리 쪽에 조그만 피아노 교습소를 하면서 살고 있어요. 아마 하 선생님도 오시는 길에 보셨을 수도 있겠네요."

재건은 잠자코 고개를 주억거리며 별채로 들어섰다. 낡은 마룻바닥이 밟을 때마다 삐걱삐걱 앓는 소리를 냈다. 오랜 세월이 깃든 음색은 이 집에 들어서기 전부터 재건이 품고 있던 궁금증을 한층 증폭시켰다.

"저기…… 연주 씨, 여쭤보고 싶은 것이 하나 있는데요."

"네, 말씀하세요."

"서건우 선배님의 짐이 연주 씨 댁에 있는 이유가 궁금합니다."

"아, 그건 저희 할아버지 제자분이셨대요."

연주가 즉각 대답해 주었다.

두 손으로 미닫이문을 열어젖히면서 그녀는 말을 이었다.

"할아버지께서 대학교수이시면서 글을 쓰는 작가셨거든요. 길러낸 문인이 상당히 많으세요."

"실례가 아니라면 할아버님의 성함이……?"

"강 병 자, 하 자를 쓰세요."

열린 미닫이문 너머로 산처럼 쌓인 책들이 한눈에 들어왔다. 그와 동시에 재건의 머리에는 강병하라는 작가가 쓴 한 작품이 번개처럼 떠올랐다.

"혹시……."

재건이 서고의 책들을 살펴볼 새도 없이 목울대를 울리고는 물었다.

"종로 한가운데를 집필하셨던 고 강병하 선생님이십니까?"

"어머, 하 선생님도 아시는군요. 전권 회수돼서 읽은 사람이 많지는 않은 걸로 알고 있는데."

쿠웅!

현기증을 느낀 재건의 몸이 비틀거렸다. 이곳이 강병하의 집이었다니 실로 충격이었다.

어떻게든 유족이라도 만나고 싶어 명석에게도 도움을 청했건만 여태껏 찾지 못했는데. 설마 상도를 통해서 이런 식으로 연이 닿을 줄이야.

"하 선생님? 괜찮으세요?"

"괜찮습니다. 저기…… 그러니까 아까 하신 말씀…….."

재건이 믿을 수 없다는 듯이 서고를 천천히 돌아보며 말을 이었다.

"고 강병하 선생님께서…… 서건우 선배님의 스승이셨다는 말씀이십니까?"

"네, 어머니께 그렇게 들었어요…….."

연주는 갑작스러운 재건의 변화에 조금 겁먹은 기색이었다.

재건은 양해도 구하지 못하고 서고 바닥에 무너지듯 주저앉았다.

'종로 한가운데'를 처음 읽었던 날이 떠올랐다.

처음 읽음에도 불구하고 훤히 아는 내용이어서 몹시 놀랐던 기억이 여전히 생생했다.

'이건 설마…… 스승이라는 사람이…… 제자의 글을……?'

눈앞의 손녀에게는 차마 토해낼 수 없는 의문.

당시에 '종로 한가운데'를 읽고 나서도 재건은 추측했었다. 고 강병하와 서건우가 동일 인물이거나 아니면 고 강병하가 서건우의 글을 베꼈을 거라고.

"하 선생님? 혹시 어디 불편하신 거예요?"

"죄송합니다. 잠시 생각을 정리할 게 생겨서…….."

재건이 흥분으로 양어깨를 들썩이며 말끝을 흐렸다.

연주는 왜 그러는지 더 묻지 않았다. 그저 한구석에 놓여 있던 큼지막한 나무상자를 재건 쪽으로 끌어다 주었다.

"찾으시는 짐은 이 상자 안에 들어 있어요. 서건우 선생님께서 찾아오시면 드리라고 하신 물건 전부요."

"고맙습니다. 그런데……."

박스 테이프로 칭칭 감긴 상자 겉을 살펴보며 재건은 어렵사리 말을 이었다.

"누가 열어본 흔적이 없네요."

"네, 몇 년 전에 돌아가신 어머니 이후로는 하 선생님께서 처음 보시는 거예요. 저도 내용물을 몰라요."

멍하니 고개를 든 재건에게 연주는 쓴웃음을 지으며 덧붙였다.

"어머니가 이 상자 안에 든 것들을 보시고 생전에 많이 우셨거든요. 돌아가시기 전까지도 괜히 봤다고 후회하셨어요. 마음에 무거운 짐만 짊어지게 됐다고. 그래서…… 저는 아예 거들떠보지도 않았어요."

"……."

침묵 속으로 주변을 에워싼 공기가 숙연하게 가라앉았다. 뒷짐을 지고 선 연주는 꼼지락거리는 자기 발가락을 우두커니 내려다보고 있었다. 다시 입을 뗀 건 꽤나 시간이 지나서였다.

"사연은 모르지만 어쩌면 서상도 씨도 저와 비슷한 마음이 아니실까 생각해요. 이 짐을 확인하지 않으셨거든요."

"……?"

"몇 달 전쯤 갑자기 서상도 씨가 찾아오셨을 땐 놀랐어요. 술이 꽤나 취한 모습으로 말씀하시더라고요. 여기 주소랑 연락처는 오래전부터 알고 있었다고. 이제야 용기를 내서 자기 아버지의 흔적을 쫓아 찾아오게 됐다고."

"계속 말씀해 주세요."

재건이 엉거주춤 몸을 일으키며 부탁했다. 상도의 입을 통해서는 좀처럼 들을 수가 없을 이야기 같았기 때문이다.

"혼자 안채랑 별채 여기저기를 둘러보시더라고요. 말씀도 거의 안 하셨어요. 저희 어머니가 살아계실 때까지만 해도 여러 번 연락을 드렸을 텐데, 왜 이렇게 늦게 찾아오셨냐고 여쭤봐도 웃기만 하시던데요."

어느덧 연주의 두 눈이 발치의 나무상자로 내려가고 있었다.

"별채까지 돌아보시고 났을 즈음 제가 이 나무상자를 꺼내 왔어요. 그리고 말씀드렸죠. 저희 할아버지께서 상도 씨 아버님 앞으로 남기신 물건이라고. 그러자 곧바로 흐느끼기 시작했어요. 함께 있었던 저도 아랑곳하지 않고 이 상자 위에 얼굴을 묻고서요."

"그런 일이 있었군요⋯⋯."

나무상자의 표면을 매만지며 재건은 나직이 대꾸했다.

연주가 가위를 가져다 상자 위에 놓아주고는 몸을 돌렸다.

"잠깐 보시고 계세요. 차라도 한잔 가져올게요."

"안 그러셔도 됩니다."

"저도 목이 말라서요. 천천히 보시고 가셔도 되니 부담스러
워하지 마시고요. 책도 가져올 테니까 사인 꼭 부탁드려요."

두 눈이 동그래진 재건을 보며 연주는 풉 하고 웃었다.

"멍청한 여자 때부터 하재건 선생님 애독자랍니다. 어쩌
다 보니 말씀드리는 게 늦었어요."

"아, 정말 감사합니다."

"그럼 잠깐 실례요."

연주가 미닫이문 너머로 사라지고 재건은 혼자 남았다.

가위를 집은 손이 파르르 떨렸다. 작디작은 머릿속 공간에
온 세상의 번뇌가 휘몰아치는 듯했다. 대선배님의 아들조차
풀지 못한 상자를 내가 이렇게 간단히 열어도 될까.

고개를 뒤로 젖히고 한숨을 내쉬는 순간, 측면의 책장 한
곳에 놓여 있던 작은 사진첩으로 시선이 갔다. 별생각 없이
사진을 바라보던 재건은 이내 귀신에게 홀린 사람처럼 몸을
일으켰다.

"어르신······?!"

재건이 부서질 듯한 목소리로 중얼거렸다. 익히 아는 얼굴이 사진에 담겨 있었다. '악의'를 집필하던 당시 여러 번 만났던 개량 한복 차림의 노인이었던 것이다.

"하 선생님, 홍차도 괜찮으시겠어요?"

연주가 찻잔이 놓인 쟁반을 들고 등 뒤로 나타났다. 재건은 대꾸할 기력조차 잃고 그저 가만히 서 있을 뿐이었다.


### BIG LIFE


"아무래도 내일 올라가야겠어. 응, 아니야. 겨자 목욕탕을 쓴 곳도 이 근방이고. 어쩐지 구상이 잘되는 느낌이어서. 그래, 미안해. 장인어른이랑 장모님이랑 있어. 내가 친정으로 내일 저녁에 데리러 갈게. 내 목소리? 아니야, 밤이라 가라앉아서 그래. 어, 잘 자."

수희와의 전화를 끊자마자 이를 악물고 참았던 오열이 다시금 폭발했다.

재건은 활짝 펼친 나무상자를 부서져라 끌어안고 온몸으로 거칠게 흐느꼈다.

"죄송합니다, 선배님······! 정말로 죄송합니다······! 면목이 없습니다. 그런 줄도 모르고······ 그런 일이 있었던 줄도 모르고······ 제가 정말 무지했습니다, 흐끄으으······!"

재건이 이를 갈며 제 가슴팍의 옷자락을 쥐어뜯었다. 떨어져 나간 단추가 바닥을 뒹굴었다.

"다섯 개의 꿈을 드렸을 때 선배님 속이 얼마나 상하셨을지······ 이제야 리카가 왜 그랬는지 깨달았습니다. 말 못 하는 리카가 사람인 저보다 선배님의 마음을 훨씬 더 깊이 헤아리고 있었다는 걸······!"

연거푸 떨어지는 눈물이 자줏빛 카펫을 뜨겁게 적셨다.

재건은 울음을 그치지 못하고 바닥에 이마를 찧었다. 강병하가 남기고 간 대선배의 모든 것을 알게 됐다.

연주의 말은 사실이었다. 쉽게 감당할 만한 무게가 아니었다.

"······!"

문득 재건이 이를 악물고 고개를 치켜들었다. 어느새 방한구석 소파에 개량 한복 차림의 노인이 앉아 있었다.

재건은 노인을 지그시 바라보며 일어섰다. 무섭다는 생각은 일절 없었다.

오늘에 이르러서야 노인의 정체를 확실히 깨달았다. 귀신이나 혼령 따위가 아니었다.

재건이 노인을 바라보며 물었다.

"이건 선배님의 환영이죠?"

"어떤 시련이 있더라도 글을 손에서 놓지 말게."

"그리고…… 스승으로부터 듣고 싶으셨던 이야기죠?"

"자네는 타고난 글쟁이야. 제자를 시기한 못난 스승을 용서하게."

오가는 문답이 이어지지 않고 겉돈다. 대화의 형식을 띠고 있지만 실상 두 사람의 독백이다. 그 점에 관해서도 재건은 더 이상 의문을 갖지 않았다. 두 눈은 강병하를 바라보고 있지만 입에서 나오는 말은 서건우를 향하고 있었다.

"이제 부디 마음의 짐을 놓으십시오, 선배님. 나머지는 제게 맡겨주시고 편안히 쉬십시오."

그렇게 말하는 재건의 손아귀에는 색 바랜 편지 한 장이 쥐어져 있었다.

생전 스승이 제자 앞으로 보낸 편지였다. 안타깝게도 제자는 이 편지를 읽지 못하고 세상을 떠났다. 오늘에서야 그 제자의 제자가 펼친 편지는 '미안하다'는 말로 시작되고 있었다.

이윽고 강병하의 형체가 희미해지기 시작했다.

그 앞에서 재건은 울음을 삼키며 다시금 다짐했다. 강병하가 다시 나타날 일이 없도록 반드시 유종의 미를 거두겠노라고.


이튿날 아침.

뜬눈으로 밤을 보낸 재건은 날이 밝자마자 전화를 걸었다.
전파는 단숨에 산간을 넘어 춘천까지 가 닿았다.

160장
기회를 드린 겁니다

드르륵!

춘천의 개인 별장에서 야심 차게 단편소설을 준비하던 작가의 핸드폰이 울리기 시작했다.

그러나 알아채지 못했다. 핸드폰은 이불에 파묻혀 있었고, 작가는 듀얼 모니터 좌우에 뜬 원고를 검수하는 일만도 벅찼다.

'영태는 철호로, 유선은 명아로…… 배경은 70년대에서 운동권이 한창이던 80년대로…….'

타다다닥!

타닥! 타다닥!

주류지 태진의 열 손가락이 기억을 좇아 기운차게 움직였다. 좌측은 소설의 원본, 우측은 자신의 손으로 퇴고를 거치고 있는 수정판이었다.

추억과 회한을 죽이는 과정이다. 찬란히 빛나던 벗의 청춘과 시절을 파묻고 자신만의 미래로 그 무덤 위를 덮는다. 치욕도 함께 덮으면서 태진은 웃었다.

'자신이 직접 쓴 작품'은 무탈하게 완성되어 가고 있었다.

'후우……'

마침표를 찍고 고개를 젖혔을 땐 창가 한가운데까지 해가 떠올라 있었다.

태진은 뻐근해진 양어깨를 번갈아 주무르며 일어섰다. 늦은 아침을 먹으러 나설 때였다.

가사를 전담하는 여자를 두고 있으면서도 태진은 근처 식당을 찾아다니곤 했다. 산책하면서 건강을 챙기기 위해서다. 평생을 살아오며 누구에게나 자랑스럽게 내세울 수 있는 것 하나. 태진에게는 그것이 건강이었다.

'아, 핸드폰.'

카디건까지 챙기고 나서야 핸드폰이 떠올랐다.

태진은 침대 곳곳을 뒤적인 끝에 이불을 걷어내고 핸드폰을 찾아냈다. 주머니에 넣기도 전에 진동이 시작됐다.

"여보세요, 오태진입니다."

-안녕하십니까, 회장님. 협회 이준원 팀장입니다.

"어? 아…… 이거 미안합니다!"

태진이 '아차' 하는 얼굴로 제 무릎을 쳤다. 단편소설 때문에 문학공로상 시상식을 새까맣게 잊어버리고 있었다.

"이거 정말, 나이가 들어서 그런지 시도 때도 없이 건망증이 일어나지 뭐요. 전화 넣어줘서 고마워요, 이 팀장. 내 예정대로 꼭 참석하리다."

몇 번째 받아보는 문학공로상인지 기억조차 가물가물했다.

어느 정도 권위를 지닌 상이라면 마다하지 않는다. 일일이 헤아리기도 힘든 경력이 뭉쳐 곧 명예가 된다. 나이가 들어갈수록 더욱이 빛나는 그 가치를 태진은 하루하루 실감하고 있었다.

"그래요, 알겠습니다. 시상식장에서 봅시다."

전화를 끊고 난 태진은 핸드폰에 남은 두 번의 부재중 전화 기록을 보았다.

"응?"

이름을 확인한 그의 얼굴에서 웃음기가 사라졌다. 재건으로부터 걸려온 전화였다.

'무슨 일이지……?'

번호를 교환한 지는 오래됐다. 하지만 대부분 명석을 통했지 직접 연락을 주고받은 적은 거의 없었던 것이다.

어쨌거나 태진은 속이 뜨끔했다. 재건에게 지은 죄가 딱히 없는데도 그랬다. '마지막 여행'의 이질감을 칼같이 지적하던 그의 모습이 떠오르자 심장이 다 두근거렸다.

"으윽!"

태진이 진동하는 핸드폰을 손에서 놓쳐 버렸다. 바닥에 떨어진 핸드폰 액정에서 하재건의 이름 세 글자가 빛나고 있었다.

태진은 핸드폰을 그대로 버려두고 도망치듯 별장을 나섰다.


BIG LIFE


"아버지께서 집에 다녀가신다고 하시는구나. 시상식에서 입으셔야 할 옷 때문에⋯⋯."

"네, 어머니."

거실 소파에 앉은 명석이 눈앞의 벽을 멀거니 바라보며 대답했다. 밤새 한숨도 자지 못한 까닭에 두 눈이 퀭했다.

"많이 안 좋아 보이는구나. 어디 아픈 거 아니니?"

"저는 괜찮습니다."

"괜찮기는, 수척한 게 말이 아니다. 유진이는 이럴 때 네 옆에 있어주지 않구."

"제가 일부러 보냈습니다."

"일부러……?"

태진의 아내이자 명석의 새어머니인 그녀의 두 눈 가득 의혹이 어렸다.

사실 차마 묻질 못하고 있을 뿐 이틀 내내 명석의 태도는 의문의 연속이었다.

어젯밤 명석은 누군가의 전화를 받고 뛰쳐나가더니 아침이 되어서야 돌아왔다. 그러고는 회사에 나가지도 않고 이렇게 제 아버지를 기다리고 있는 것이다.

"어머니."

"으, 으응……? 뭐니?"

"만약 제가……."

명석이 천천히 일어나 새어머니를 돌아보았다. 파리한 안색으로 무표정하게 그는 말을 이었다.

"……만약 제가 아버지를 챙겨드리지 못하게 되면 부디 잘부탁드리겠습니다."

"며, 명석아…… 그, 그게 무슨 소리니?"

겁에 질린 새어머니가 두 손을 가슴 앞으로 모으는 그때, 가정부가 인터폰을 향해 잰걸음으로 달려갔다. 곧이어 드넓은 정원 너머로 대문이 열리는 소리가 아스라이 들려왔다.

"아, 아버지께서 오셨나 보다."

"……."

명석은 입을 다문 채 멀거니 서 있었다.

잠시 후, 현관문이 열리면서 태진이 안으로 들어섰다. 거실로 올라서다 장남을 발견한 그는 멍하니 입을 반쯤 벌렸다.

"너는 회사 안 가고 왜 집에 있는 게냐?"

"아버지께 긴히 드릴 말씀이 있어서 기다리고 있었습니다."

"내게 할 얘기가 있다고?"

태진이 미심쩍은 투로 되물었다. '다섯 개의 꿈' 출간 이후 장남과의 사이는 더없이 냉랭해져 있었다. 지금 얼굴을 보는 것도 실로 간만의 일이었다.

"협회와 식사 약속이 있어서 시간이 약간 빠듯하구나. 중요한 이야기니?"

"네, 중요합니다. 지금 꼭 말씀드려야 합니다."

명석이 단호하게 제 입장을 반복했다. 태진은 고개를 끄덕이며 서재 쪽으로 걸음을 뗐다. 그 뒤를 명석이 잠자코 따랐다.

"자, 말해보거라. 하고 싶은 얘기가 뭐냐?"

흔들의자에 앉은 태진이 양팔을 좌우로 활짝 펼치며 물었다. 그 앞에 앉지도 못하고 선 명석은 가슴이 시큰거렸다. 그 무엇도 거리낄 것이 없다는 듯이 스스로를 과시하는 아버지의 몸짓이 슬펐다.

"혹시 또 표절 이야기를 하고 싶은 거니? 그래, 그 불퉁한 얼굴을 보니 짐작이 간다. 다섯 개의 꿈이 어떤 소설을 베꼈는지 더 말하고 싶은 부분이 남은 모양이로구나."

"아버지……."

고개를 치켜든 명석은 당장에라도 울음을 터뜨릴 것만 같았다. 그에 아랑곳없이 태진은 코웃음을 치며 조소를 이어갔다.

"이 애비가 지레짐작한 거냐? 오호라, 혹시 한중 문화 수교에 내는 단편소설을 읽고 싶었던 거니? 그렇다면 기다려다오. 애비는 그리 생각하지 않는다만, 혹시 또 우리 똑똑한 장남이 표절이라고 들고 일어날지 모르니 말이다. 세상의 모든 소설과 대조해 볼 시간을 좀 주려무나."

"그만하십시오, 아버지……!"

명석이 들고 있던 서류 가방을 쿵 소리가 나도록 내려놓았다.

태진은 더 이상 조소를 이어갈 수 없었다. 은테 안경 너머로 장남의 눈빛이 돌변했다. 핏발 선 두 눈에는 원망을 넘어 환멸이 가득했다.

"전부 보여드리겠습니다."

비로소 태진이 심상찮은 분위기를 감지하고 허리를 폈다.

그가 보는 앞에서 명석은 서류 가방을 활짝 열었다. 고정되지 않은 A4 용지 수백 장이 와르르 쏟아져 나왔다.

"이, 이게…… 다 뭐냐?"

"한 문인이 남기고 간 저작물 일부의 사본입니다."

"무, 무슨……?"

쪼그려 앉은 명석이 널브러진 용지들을 하나로 깔끔하게 그러모았다.

그 와중에 한 방울의 눈물이 바닥으로 떨어졌다. 의자에 앉아 내려다보고 있던 태진은 미처 보지 못했다.

"이걸 꼭 아버지께 보여드리고 싶었습니다."

이윽고 일어선 명석이 고개 숙인 채로 정리된 문서를 내밀었다.

얼떨떨한 태진은 장남의 콧잔등과 두 손을 번갈아 쳐다본 끝에 떨리는 손으로 용지를 받아들었다.

첫 문장을 읽은 순간.

"……?!"

태진이 자기 입을 손으로 틀어막았다.

자연스레 놓쳐 버린 문서 다발이 나풀나풀 바닥으로 흩어졌다.

"며, 명석아……."

"벌써 다 보셨을 리가 없습니다."

명석이 흩어진 문서를 다시금 주워 모아서는 거의 억지로 태진의 두 손에 쥐여주다시피 했다. 그러나 태진은 벌벌 떨기만 할 뿐 단 한 줄도 읽을 수가 없었다.

　　"이, 이걸 어디서…… 대체 어디서……."

　　"읽으십시오, 아버지."

　　"명석아, 이, 이건…… 이건 대체……."

　　"말씀드렸잖습니까. 한 문인이 죽기 전에 남긴 저작물이라고요. 그의 스승이 보관하고 있었던 것을 찾아 사본으로 만들어온 겁니다. 더 설명해 드려야 할까요?"

　　태진이 손에 든 문서로 자기 얼굴을 처박았다.

　　장남이 어떤 경위를 통해 이것들을 손에 넣었는지는 나중 문제였다. 머리 한가운데가 불처럼 뜨거워졌다. 아무런 생각도 나지 않았다. 이 순간을 단번에 현실로 받아들이기란 무리였다.

　　"그 유년의 조각이라는 제목 보이시죠?"

　　명석이 안경을 벗어 던지며 물었다. 촉촉이 젖은 두 눈을 손등으로 훔친 그는 태진을 다그치듯 목소리를 높였다.

　　"처음부터 끝까지 읽고 나니 아버지께서 쓰신 마지막 여행이 바로 생각났습니다. 너무도 흡사한 부분이 많아서요. 어떻게 생각하십니까, 아버지? 그렇게 가만히 계시지만 마시고 좀 보세요. 아ㅣ, 이리 줘보세요."

명석이 문서 다발을 빼앗아 들고 거칠게 몇 페이지를 넘겼다. 그 와중에 몇 장의 종이가 찢겨져 나갔다.

태진은 더없이 일그러진 얼굴로 두 눈을 질끈 감고만 있었다.

"보십시오, 아버지. 여기서부터 조립식 은하수라는 단편소설이 시작됩니다. 제가 아예 간략한 줄거리를 읊어드릴까요? 다섯 명의 소년이 좋아하는 선생님의 짝사랑을 찾아 여행을 떠나는 내용입니다. 아버지, 다섯 개의 꿈 내용이 뭐였습니까?"

"그만, 이제 그만해라……!"

두 귀를 틀어막은 태진이 바닥에 대고 애원을 토해냈다.

명석이 허리를 펴고 있나. 구기듯이 손안에 쥔 문서 다발을 앞뒤로 흔들며 그는 말을 이었다.

"이 안에는 서건우라는 분이 아버지 앞으로 남긴 메시지도 잔뜩 있습니다. 혼자서 차분히 확인하실 수 있도록 저는 자리를 비켜드리겠습니다."

"며, 명석아…… 어디 가니?"

책상에 문서를 내팽개친 명석이 돌아서고 있었다. 태진은 후들거리는 두 다리를 가까스로 지탱하고 일어섰다.

"기다려 봐라, 명석아……! 너까지…… 장남인 너까지 나한테 이러면 안 돼……!"

튕기듯이 나선 태진이 명석의 앞을 가로막았다. 그 어떤 역경 속에서도 항시 든든하게 자신을 지지해 준 장남 아닌가. 이대로 보내 버리면 다시는 아버지로서 장남의 얼굴을 마주 볼 수 없게 될 것 같았다.

"비켜주세요, 아버지."

"명석아, 네가…… 네가 나에게 이러면 안 된다……! 애비의…… 애비의 말도 좀 들어줘야지……!"

한낮의 사막에 떨어진 사람처럼 태진은 숨이 턱턱 막혔다. 노골적으로 자신을 경멸하는 장남의 표정이 무서웠다.

가쁜 숨을 달래지도 못하고 그는 장남의 양어깨를 부둥켜잡았다.

"처, 처음부터…… 처음부터 그러려던 건 아니었다……. 애비는…… 정말로 애비는 그 친구의 원고를 훔칠 생각은 아니었어."

"이제 아버지 말씀은 믿어드릴 수가 없습니다."

"정말이다, 명석아……. 이 원고들 전부 그 친구로부터 직접 전해 받은 거다……. 처음부터…… 처음부터 이러려고 한 건 아니었단 말이다……!"

태진이 제 머리를 쥐어뜯으며 몸을 무너뜨렸다.

명석은 입술을 질끈 깨물어 터지려는 감정을 억눌렀다. 그러고는 아버지의 몸을 빙 돌아가 문고리를 손에 잡았다.

"평생토록 아버지의 당당한 모습을 존경해 왔었습니다."

과거형으로 흘러나오는 장남의 말은 태진의 속을 아프게 헤집었다.

철컥.

문고리 돌아가는 소리가 아스라이 귓가로 스며들었다.

"어떡하면 좋으냐, 명석아. 나는…… 이 애비는……."

"문학공로상 수상 축하드립니다. 업무 관계로 시상식은 참석 못 하겠습니다."

명석이 나가고 등 뒤로 문이 굳게 닫혔다.

홀로 서재에 남은 태진에게는 마치 세상과 단절되는 순간처럼 느껴졌다. 사방에 널브러진 오랜 벗의 흔적이 창을 통해 흘러드는 봄바람을 맞아 하늘거리고 있었다.

## BIG LIFE

'아니, 회장님께서 왜 아직도 안 오시는 거지?'

문학여행 대표 이영식은 속이 탔다.

시상식까지 이제 30분이 채 남지 않은 시각이었다. 한데 공로상을 수상하기로 된 태진이 아직도 나타나지 않고 있었다.

'이거 아무래도 한 번 더 전화를 드려봐야겠는걸.'

호텔 바깥으로 나선 영식이 핸드폰을 꺼내 들었다. 첫 번째 숫자를 누르려는 찰나에 화면이 바뀌고 태진의 이름이 떠올랐다. 영식은 반색하고 즉시 전화를 받았다.

"네, 회장님. 이영식입니다! 안 그래도 지금 언제쯤 오실까 생각하고 전화를 드리려던 참이었습니다."

─그런가…….

"회장님……? 목소리가 안 좋으신데 무슨……."

─미안하게 됐네. 내 사정이 생겨 시상식장에는 갈 수가 없을 것 같으이.

"네? 회장님? 그게 무슨 말씀이십니까?"

─그렇게만 이해해 주게. 그리고 내 한 가지 자네에게 곤란한 부탁을 할 것이 있네.

"마, 말씀하십시오. 회장님, 제가 해드릴 수 있는 것이라면 무엇이든지 하겠습니다."

영식의 귓가로 태진의 말이 이어졌다. 그리고 몇 초 후, 목젖이 들여다보이도록 입을 찢어져라 벌리는 그의 표정을 주변의 모든 사람이 볼 수 있었다.

"회장님! 그게 무슨 말씀이십니까……?!"

─금전적인 부분에 있어서는 걱정하지 말게. 자네와 자네의 문학여행에는 일절 피해가 가지 않도록 내 조치를 취할 테니까.

"그, 그런 문제가 아닙니다, 회장님! 갑자기 왜 이런 결정을 내리시는지 저는 도통…… 도통 모르겠습니다!"

─이해가 되지 않아도 그렇게 해주게. 김성률 고문 변호사에게 연락해 두었네. 그이를 통해 이야기 듣고 뒷일 매듭 잘 지어주게. 일이 이렇게 되어 참으로 면목이 없네. 끊겠네.

"회, 회장님? 회장님?"

전화가 끊기고 뒤늦은 목소리가 허공을 울렸다.

영식은 얼빠진 얼굴로 다시 태진에게 전화를 걸었다. 하지만 전화기가 꺼져 있다는 안내 음성만 되돌아왔다.

"대표님? 왜 아직도 여기 계십니까?"

"아, 아닙니다. 잠시 전화를 하느라…… 금방 들어가겠습니다."

영식은 일단 말을 걸어온 협회 팀장을 시상식장으로 들여보냈다.

소란스러운 인파 한가운데에서 눈앞이 캄캄해졌다.

이제부터 어떡해야 할까. 어린 시절 어머니의 손을 잡고 시장에 나섰다 미아가 되어버린 느낌이었다.

고심 끝에 영식은 다시 핸드폰을 치켜들었다. 명석에게 연락을 취하는 것 말고는 달리 떠오르는 뾰족한 수가 없었다.

─안녕하세요, 아저씨.

"아, 대표님. 안녕하세요. 이영식입니다."

—그러지 마시고 예전처럼 말씀 편하게 해주세요.

"그, 그래…… 요, 도련님. 오랜만…… 입니다."

영식이 어색한 웃음을 빼물고 어렵사리 말을 이었다.

웅성에서 재직할 당시 명석과 유독 사이가 좋았다. 친삼촌처럼 명석을 데리고 놀아주기도 했고, 출판업계에 관한 경험과 지식을 아낌없이 들려주며 명석의 자양분이 되어주기도 했다.

애틋한 추억이 주마등처럼 영식의 눈앞을 스쳐 갔다. 하지만 그것도 잠시, 지금은 태진 때문에 실로 위급한 순간이다. 영식은 헛기침을 하고 빠르게 말을 이었다.

"도련님, 지금 호텔 시상식장인데 제가 방금 회장님의 전화를 받았습니다."

—네, 뭐라고 하시던가요?

차분하게 되묻는 명석의 음성이 영식을 한결 당황하게 만들었다. 더불어 본능적으로 직감했다. 태진에게 일어난 심경의 변화에 대해 명석 또한 이미 인지하고 있다는 사실을.

"그, 그게 말입니다."

말을 잇기에 앞서 영식은 목울대를 크게 울렸다.

"다섯 개의 꿈을…… 전량 회수하시겠다고…… 하십니다."

—그런 말씀을 하셨습니까…….

"저도 처음에는 제가 잘못 들었나 생각했습니다. 종이책은 진량 회수하고, 오늘부로 전자책 판매도 중단시키라고 하셨습니다. 도저히 이해가 되질 않습니다. 베스트셀러를 찍고 이제는 해외 각국으로 뻗어 나가야 할 걸작을 도대체 회장님 께서는 왜……!

─부탁드립니다.

"네……?"

반문하는 영식의 두 동공이 한껏 확대되었다.

─아버지께서 말씀하신 대로 해주세요, 아저씨.

"도련님, 정말 실례가 아니라면 이유라도 들려주실 수 없으시겠습니까? 제 답답한 마음을 이해해 주신다면 간단하게라도 설명을……."

─조만간 제가 문학여행 사옥으로 한번 찾아뵙겠습니다. 지금은 달리 드릴 수 있는 말씀이 없어서 죄송합니다.

"네, 도련님……."

영식은 뭐라 더 말하지 못하고 전화를 끊었다. 시상식 개최 시간이 가까워 오면서 주변의 분위기가 한껏 고조되고 있었다. 태진이 오지 않으리라는 것을 알면서도 영식은 하염없이 주차장 쪽을 바라보았다.


BIG LIFE


[한국문학 공로상 대리 수상 중인 문학여행 대표 이영식,

'오태진 작가 개인사에 대해서는 잘 모른다']

[전 웅성그룹 회장 오태진, 베스트셀러 소설 '다섯 개의 꿈'에 이어 전작 '마지막 여행'까지 전량 회수 결정, 이유는?]

['다섯 개의 꿈', '마지막 여행'을 비롯해 오태진 작가의 모든 작품 전자책마저 완전 판매 중단]

[문화관광부 담당자, '오태진 작가 한중 문화 수교 작품집 불참하겠다는 입장 전해와]

[계속되는 오태진 작가의 침묵, 갑작스러운 심경 변화의 이유는 대체 무엇?]


태진의 이야기로 세상이 시끄러운 월요일 아침.

재건은 일찌감치 리카를 데리고 집을 나섰다. 차고를 여는 일은 없었다. 봄날의 부드러운 풍경을 두 눈에 담으며 천천히 걸어 당도한 곳은 서건우의 무덤이었다.

"저 왔습니다, 선배님."

재건이 안고 있던 리카를 내려놓으며 인사를 건넸다.

"어떤 것부터 말씀을 드려야 할지 모르겠습니다. 일단 아드님은 아직 요양 중입니다. 퇴원한 뒤에도 한동안 경주에 머무르겠다고 결정이 났어요."

리카가 평소 습관처럼 무덤을 둘러보듯 뒤쪽으로 걸음을 옮기고 있었다.

재건은 맨바닥에 신문지를 깔고 쪼그려 앉았다.

"아드님이 많이 울었습니다. 그저 울기만 했고 저에게도 별다른 말은 없었어요. 다만 제가 경주에서 올라올 때 이 말은 했습니다. 자기 아버지의 명예를 위해 애써줘서 고맙다고요."

똑 떨어진 한 방울의 눈물이 깔고 앉은 신문지를 촉촉이 적셨다.

"아드님 숙소는 강병하 선생님 댁이 될 것 같습니다. 그 연주 씨라는 손녀분이 어찌나 강경하게 부탁하는지. 자기가 손녀로서 조금이라도 보답할 길이 이것뿐이라면서요."

말하는 와중에 새삼스레 가슴이 미어지는 재건이었다.

존경하는 스승에 이어 친아들, 심지어 오랜 벗에게까지 작품을 빼앗긴 사람이다.

제멋대로 해체되고 가공된 자신의 꿈이 타인의 이름으로 세상에 나간 것을 보았을 때 대체 어떤 기분이 들었을까. 재건은 감히 짐작조차 할 수 없었다.

"고 강병하 선생님의 일은 종로 한가운데와 함께 이대로 묻어두려고 합니다. 왜냐하면 이것이 선배님의 소망일 테니까요. 밝히려고 하셨다면 진즉에 선배님께서 밝히셨겠지요. 하지만……."

무덤을 한 바퀴 돌아보고 온 리카가 온몸을 털을 빳빳하게

세웠다.

핏발 선 재건의 두 눈이 요동치고 있었던 것이다.

"선배님의 제자로서…… 오태진 회장의 일은 제가 관여할 겁니다. 아들인 오명석 대표님께 먼저 기회를 드린 겁니다. 필요에 따라 저는 반드시 움직일 겁니다. 선배님의 명예를 회복시킬 겁니다."

재건이 마음을 다잡듯이 몇 번이고 되뇌었다.

리카가 걱정스러운 듯이 미약한 울음소리를 내며 그의 손등을 핥아대고 있었다.

"이제 제가 궁금한 건 어떻게 오태진 회장이 선배님의 작품을 가지고 있었냐는 것입니다. 지금은 그저 이것에 대한 해답을 들을 수 있기만을 기다리고 있습니다."

드르륵!

핸드폰이 울리고 비로소 재건은 일어섰다.

문화부 장관의 전화였다. 한국관광공사에서 문화 수교 대책회의가 열리는 날이었다.

"이른 시일 안에 다시 찾아뵙겠습니다, 선배님."

제사는 정중히 작별 인사를 올린 다음 뒤로 몸을 돌렸다. 조만간 다시 찾아뵐 때는 아주 커다란 선물을 가지고 올 각오였다.

자신의 손으로든 혹은 회개한 죄인의 손으로든.

한국관광공사 회의실 안에는 무거운 정적이 감돌고 있었다. 중국 측의 류바우 중앙 선전부장과 틴센트 문학 담당자들은 하나같이 안색이 어두웠다. 한국 측의 문화부 장관 및 차관도 매한가지였다. 속된 말로 개판 5분 전의 상황인 까닭이다.

'오태진 회장님마저 나가리라니…….'

앞서 서형빈 작가가 자진해서 하차했을 때도 몸살이 작지 않았다. 재건이 그 공백을 채워주면서 상황은 일단락되는 분위기였지만 이번에는 문제가 더욱 커졌다.

"오태진 선생님과는 여전히 연락이 안 되시는 겁니까?"

"네, 그게…… 개인사로 인해 칩거 중이시라고……."

차관은 앵무새처럼 했던 말을 또 반복할 뿐이었다.

태진은 한국문학계의 거장이자 살아 있는 상징이다. 그런 그가 갑작스레 한중 문화 수교 행사에 불참할 의사를 표명했다. 뿐만 아니라 노년에 출간한 역작을 비롯해 모든 작품의 판매마저 중단시킨 것이다.

이건 대사건이었다.

한편, 이러한 무거운 분위기에서 한 발짝씩 벗어난 사람들도 분명히 존재하고 있었다. 대표적으로 국회의원 권성득과 작가 김춘식이 그랬다.

성득은 친인척이 경영하는 모 기업 자회사와의 계약을 성사시킬 목적으로 머리가 복잡했다. 춘식 역시 태진의 부재로 생겨난 여백을 채울 제자를 생각하느라 고민을 거듭하고 있었다.

"이거 슬슬…… 회의를 시작해야 하지 않겠습니까."

장관의 조심스러운 말에 응답하는 자는 아무도 없었다.

그러한 와중에 류바우는 상념에 잠겨 있는 재건의 눈치를 남몰래 살피는 중이었다. 회의가 시작되고 지금까지 재건은 내내 뭔가를 생각하는 표정이었던 것이다.

'이것 참 곤란하게 됐군. 우다왕 부주석께 뭐라고 보고를 드려야 하지.'

류바우의 가슴속에서 시름이 점점 깊어져 가는 그때, 난데없이 고개를 든 재건이 좌중을 한 바퀴 돌아보며 입을 열었다.

"서형빈 선생님께 연락을 드려보겠습니다."

"……?"

모두가 약속이나 한 것처럼 입을 꼭 다물고 재건을 쳐다보았다.

스스로 불참 의사를 밝혔던 형빈을 이제 와서 다시 초빙하겠다고?

"서형빈 선생님이 과연 응해주실까요?"

"제가 후배로서 반드시 설득해 보겠습니다."

"그렇게까지 말씀하신다면…… 사실 서 선생님께서 마음을 돌려주신다면 모양새도 좋을 테고 말입니다."

통역을 전해 들은 중국 측에서도 고개를 끄덕거리며 수긍했다.

춘식은 꿍해진 기분으로 고개를 떨어뜨렸다. 제자를 추천하고 생색을 내려 했던 그에게는 기회조차 오지 않았다.

재건의 말은 그것으로 끝이 아니었다.

"이제 남은 문제는 업체 선정이 아닐까 싶습니다."

"……?!"

성득은 하마터면 마시고 있던 커피를 뿜을 뻔했다.

물론 재건의 의견은 적절했다. 중국 쪽에서의 서비스를 맡은 틴센트 문학 담당자들이 이 회의에 참석한 것도 같은 맥락이니까. 다만 성득이 경악한 이유는 설마 재건이 이러한 부분에 관심을 보이리라고는 예상하지 못했기 때문이었다.

류바우와 재건의 시선이 마주쳤다.

재건의 곧은 두 눈 속에서 류바우는 어떤 한 가지 확신을 보았다. 그래서 통역에게 귓속말로 자신의 의문을 전했다.

"류바우 선전부장께서 질문하십니다. 혹시 추천하시고 싶은 업체라도 있으십니까?"

"네, 맞습니다."

덜그럭!

기어이 성득이 커피잔을 손에서 놓쳐 버렸다. 그는 일그러진 얼굴 가득 어색한 웃음을 빼물고서 엎질러진 커피를 부랴부랴 닦았다.

재건의 말이 이어지고 있었다.

"래프북스라는 업체가 있습니다."

"래프북스요? 아아……."

문화부 차관이 안다는 얼굴로 고개를 주억거리며 끼어들었다.

"하 선생님의 장르 소설 작품들을 출간한 그 업체 맞죠?"

"차관님께서도 아시는군요. 맞습니다."

재건은 이미 사색이 되어버린 성득을 개의치 않고 말을 이어 나갔다.

"여러분의 오해를 사지 않도록 설명을 드리겠습니다. 래프북스의 대표님과는 인연이 제법 깊습니다. 제가 무명이었던 시절부터요. 당시 대표님이 스타북스라는 장르 소설 전문 출판업체에서 편집장으로 근무하셨었거든요."

"경험이 많으시겠군요."

"실제로 그렇습니다. 기획과 편집 양쪽 영역에서 발군의 능력을 발휘하는 분이셨습니다. 래프북스를 설립한 뒤로는 탁월한 경영 능력까지 유감없이 입증하셨지요. 더 브레스부터 제 모든 작품의 국내 판매는 물론 중국과 미국을 비롯한 해외 판매까지…… 전부 래프북스 대표님이 도맡아 해주신 겁니다."

"오오……!"

주변 사람들이 감탄스럽다는 얼굴로 저마다 고개를 끄덕이고 있었다.

성득은 정신이 반쯤 나가 버리기 일보 직전이었다. 좌중을 향해 찻물을 끼얹고 납득하지 말라고 소리라도 지르고 싶은 심정이었다.

재건이 확신하듯 검지를 들어 보이며 덧붙였다.

"콘텐츠 산업의 활성화는 마음으로만 되는 것이 아니라고 생각합니다. 게다가 한중 문화 수교 사업입니다. 충분한 경험과 자질을 보유하고 철저히 준비된 업체에게 맡겨야 합니다."

"무슨 말씀이신지 이해합니다."

류바우가 통역을 통해 바로 호응을 보내주었다.

재건은 웃는 낯으로 그를 바라보며 말했다.

"저는 틴센트 산하 틴센트 문학이 중국 측 서비스를 맡게 되었음을 지지합니다. 런쉐 대표님의 올곧은 경영 철학도 여러 번 뵙고 잘 알고 있습니다. 그와 마찬가지로……."

재건이 말끝을 흐리며 천천히 좌우를 돌아보았다. 고개 숙인 성득을 제외하고는 모두가 한 번씩 그와 눈을 맞췄다.

"래프북스를 지지하는 바입니다. 현재 한국에서 래프북스 이상으로 이 사업을 제대로 맡아줄 업체는 없다고 자부합니다. 사업을 진행하면서 금전적인 문제가 발생한다면 모두 제가 책임지겠습니다. 투자금이 부족하다면 그것도 제가 충당하겠습니다."

분하기 짝이 없었지만 성득은 도저히 입을 열 수가 없었다. 다오기술 자회사와의 친분이 증권가 뉴스로 인터넷에 쫙 퍼진 상황이기 때문이다. 잠잠해지길 기다려 기회를 찾을 심산이었건만 이렇게 제대로 한 방 맞게 될 줄이야.

'이런 망할……! 나는 도대체 지금까지 무엇을 위해서……! 내가 여기에 투자한 돈과 시간이 얼만데……!'

아무도 이견을 달지 않는다는 게 더욱 화가 나는 성득이었다.

마치 영혼이 탈곡기에 들어가 탈탈 털린 기분이었다. 시체처럼 푸르뎅뎅한 얼굴로 박수를 쳐 주고 보니 어느새 1부 회의가 끝나 있었다.

성득이 넋이 나간 얼굴로 화장실에 갔을 때, 보좌관이 웃는 낯으로 핸드폰을 잡고 통화하고 있었다. 성득을 보자마자 그는 다급히 전화를 끊었다.

"아, 의원님. 이제 1부 회의를 마치신……."

찰싹!

불시에 뺨을 얻어맞은 보좌관의 고개가 홱 돌아갔다. 뺨 위로 붉은 손자국이 선명하게 새겨졌다.

"병신 같은 새끼! 찌라시 하나 똑바로 못 막고! 월급 꼬박 꼬박 받아 처먹으면서 네놈이 하는 일이 대체 뭐야! 너 같은 새끼가 내 보좌관이라니!"

한껏 화풀이를 하고 난 성득이 씩씩거리며 화장실을 나섰다.

보좌관은 얻어맞은 뺨을 부여잡은 채 오래도록 그곳에 서 있었다. 최근 들어 변하기 시작한 그의 심경을 성득은 꿈에 도 알지 못했다.

BIG LIFE

"당신, 괜찮은 거야?"

"난 아무렇지도 않아."

유진이 슬픈 눈으로 바라보며 명석의 손을 꼭 잡았다.

아무렇지도 않을 리가 없다. 아버지와의 사건이 있었던 이 후로 남편은 단 하루도 마음 편히 잔 적이 없었다.

명석은 한참 전부터 창밖의 야경만을 바라보고 있었다.

유진이 그의 기분을 풀어주기 위해 특별히 마련한 저녁 식사 자리였다. 하지만 명석은 별다른 감흥이 없는 표정이었다.

"여기 데이트할 때도 여러 번 왔었던 거 기억해?"

"당연하지."

"그래, 난 또 당신이 잊어버린 줄 알고……."

"미안해."

"뭐가?"

"분위기 맞춰주지 못해서."

명석이 한숨을 내쉬며 고개를 들었다. 공해로 찌든 서울의 밤하늘에는 별이 거의 보이지 않았다.

이런 풍경을 보기 위한 스카이라운지라니.

문득 명석은 서글프다는 생각이 들었다.

"하재건 선생님께 큰 빚을 졌어."

"……."

"내게 먼저 기회를 주신다는 거 쉬운 결정 아니었을 텐데."

"난 그렇게 생각하지 않아. 내가 하 선생님이었어도 당연히 당신과 먼저 상의했을 거야."

드르륵!

갑작스레 유진의 핸드폰이 울렸다. 본가에서부터 걸려온 전화였다. 그녀는 액정을 살짝 들어 명석에게 보여주고는 전화를 받았다.

"여보세요."

─아이고, 유진아……!

"어머님? 왜 그러세요? 무슨 일이라도 있으세요?"

밤하늘을 훑던 명석의 두 눈이 유진에게로 날아들었다. 바로 직후 유진의 얼굴이 핏기를 잃고 새하얗게 변했다.

"사라지셨다고요……?"

"무슨 얘기야?"

명석이 안경을 고쳐 쓰고 물었다.

유진은 핸드폰을 살며시 귓가에서 떼고 울 것 같은 얼굴로 바라보았다.

"그게 아버님께서 갑자기……."

"전화기 줘봐. 여보세요? 어머니?"

─명석이니? 명석아, 이 일을 어떡하니. 내가 지금 심장이 너무 떨려서……!

"차분하게 말씀하세요. 아버지가 사라지시다니요?"

─서재에 들어가셔서는 점심때부터 감감무소식이셨어. 내가 너무 걱정이 돼서 조금 전에 노크를 해봤는데 답이 전혀 없으시지 뭐니. 그래서 들어가 보니까 편지 한 장만 덩그러니…… 으흐흑……!

"침착하세요, 어머니. 제가 일단 집으로 가겠습니다."

맞은편의 유진은 벌써 겉옷과 가방을 챙겨 일어설 준비를

하고 있었다. 입 한번 대지 못한 전채 요리를 등지고 두 사람
은 서둘러 스카이라운지를 나섰다.


## BIG LIFE


"명석아!"

바람처럼 차를 달려 집에 도착한 명석을 어머니가 젖은 얼
굴로 뛰어나와 맞이했다.

명석은 사시나무처럼 떠는 그녀를 안고 등을 다독이며 진
정시켰다.

"괜찮아요, 어머니. 별일 아닐 겁니다. 편지 어디 있습니까."

"서재에 그대로 뒀어…… 으흑흑……."

서재로 간 유진이 태진의 편지를 가져왔다.

명석은 그 자리에 서서 둘로 접힌 편지를 펼쳐 들었다. 단
박에 알아볼 수 있는 아버지의 친필이었다. 어찌나 꾹꾹 눌
러썼는지 종이 곳곳에 찢긴 흔적이 남아 있었다.


내 아들 명석에게

이 나이 먹고 가족들 근심하도록 주책을 떨고 싶진 않았다. 하지만
달리 방법이 없었다. 홀로 조용히 인생의 흔적을 돌아볼 시간이 필요했
다. 가능한 빨리 돌아오겠으니 부디 이 애비를 이해하고 찾지 말아다오.

"……!"

손에 쥔 편지가 바들바들 떨렸다. 어쩔 수 없는 아들의 자책감이 더운 숨결로 흘러나왔다. 김이 서린 것처럼 눈앞이 뿌예져서, 명석은 안경을 벗었다.

"명석아……! 네 아버지 잘못되시기라도 하면 나는……!"

"아무 일 없을 겁니다, 어머니!"

어머니가 놀라서 입을 꾹 다물었다.

처음으로 그녀 앞에서 언성을 높인 명석은 핸드폰을 꺼내 들고 돌아섰다.

대체 어디로 가셨을까.

떠오르는 행선지가 전혀 없어서 숨이 막혔다.

16장
멋진 친구십니다

"이게 얼마 만이야, 이수희. 얼굴 다 잊어버리겠어."

"호들갑은 기지배야. 못 본 지 몇 달이나 됐다고."

"시집가도 얼음공주 그 싸늘한 성격 어디 안 갔네. 몇 달이 짧니, 그럼? 앞으로 1년에 한 번씩 동창회 때나 볼까?"

"또 정색하고 따지긴. 알았어, 우리 예쁜 효진이 너무 보고 싶었어요. 너~무 오랜만이에요."

"영혼 없는 말투 됐어. 엎드려 절 받는 것도 아니고."

효진이 뽀로통한 얼굴로 고개를 홱 돌렸다.

하지만 수희가 허리를 끌어안고 간지럼을 태우자 몇 초 참지도 못하고 웃음을 터뜨렸다.

"요즘 좋은 식당은 정말 좋다. 놀이방에 수유실까지 있고."

"그러게, 은채 때문에 인터넷 좀 찾아봤더니 이런 데가 새로 생겼더라. 애기들 데리고 오기 참 괜찮다."

수희와 효진이 널찍한 한식당 한곳에 자리를 잡고 마주 앉았다.

두 여자는 순식간에 활기차던 대학 시절의 감성을 되찾고 수다를 늘어놓기 시작했다.

"넌 정말 은채만 없었으면 아직도 처녀로 보겠다."

수희의 품에 안긴 은채를 보며 효진이 하는 말이었다.

"아니, 은채랑 있어도 그래. 엄마가 아니라 막둥이 동생 챙기는 맏언니? 아니면 베이비시터?"

"기왕이면 베이비시터보단 맏언니로 불러줄래?"

"부정은 안 하는 것 봐, 하여튼 이수희 저 공주병 나만 알지. 은채 이리 줘. 나도 안아보게."

효진에게 안긴 은채는 낯가리는 일도 없이 까르르 웃었다.

제법 도드라진 아기의 콧잔등에 코를 비비면서 효진이 물었다.

"둘째는 언제 생각해?"

"무슨 벌써 둘째 얘기를 해."

"재건이가 재촉 안 하니?"

"응, 절대 안 해."

"정말?"

"아마 첫애가 아들이었으면 그랬을지도 모르지. 출산 전부터 딸을 그토록 바라더니 그게 진짜였다니까. 자긴 은채만 있으면 충분하다고 아무것도 안 바라."

떡갈비 한입을 먹고 난 수희가 이번엔 질문을 던졌다.

"너랑 정진이는 소식 없어?"

"정진이 지금 맡은 프로젝트부터 끝난 다음에 생각하려고. 요 뺀질이가 요즘 게임 만들면서 아주 힘 바짝 들어갔다? 나 호강시켜 준다고."

"그것 봐, 정진이가 맘먹고 하면 하는 애지?"

일순 효진이 양어깨를 축 늘어뜨리며 한숨을 내쉬었다.

"근데 애가 회사에서 스트레스를 많이 받나 봐."

"왜?"

"밤만 되면 아주 말 그대로 짐승이 돼. 아침까지 덤벼들 기세라서 몸이 죽어난다구. 근데 나도 참 받아줄 수밖에 없는 게 뭐냐면…… 야, 웃지 마. 정진이가 의외로 엄청 잘한다?"

"얘, 효진아……."

수희가 낯을 붉히며 좌우를 돌아보았다.

다행히 들은 이는 없는 것 같았지만 효진의 말이 이어지고 있다는 점이 문제였다.

"우린 피임 고무로 하는데 난 그렇게 돈이 많이 들 줄 생각도 못 했다, 얘. 왜 그리 비싸니? 최근에 정진이가 인터넷에서 대량으로 구입하긴 해서 좀 저렴해지긴 했지만."

"천효진 여사님. 제발 이제 그만 좀 하시지?"

"맞다, 그리고 보니 부부라는 게 이러다 예정에도 없이 애들지도 모르겠더라. 가끔 둘이 술 한잔하고 나면 애가 안 끼고 하는 게 좋다고 마구잡이로 들이대거든. 근데 나도 또 알딸딸하면 그걸 거부 못 하…… 읍!"

보다 못한 수희가 떡갈비 한 점으로 효진의 입을 틀어막았다.

한껏 달아오른 얼굴로 주변을 보니 가장 가까운 테이블의 손님들이 이를 악물고 웃음을 참아내고 있었다. 전부 어머니뻘의 여성들이어서 그나마 수희에게는 위안이 되었다.

"제발 목소리 좀 낮춰."

"내 목소리가 그렇게 컸나?"

"부산에서도 들리겠더라. 애가 결혼하더니 어쩜……."

"하나도 안 변하는 네가 더 이상해."

두 여자가 핀잔을 주고받는 바로 그때.

"저기, 식사 중에 죄송합니다만……."

커플로 보이는 20대의 남녀가 어정쩡한 표정으로 다가왔다. 당황한 수희가 허리를 곧게 펴고 그들을 향해 입을 열었다.

"죄송합니다, 저희가 조금 시끄러웠던 것 같은데 주의하겠습니다."

"네? 아니요, 아니, 그런 게 아니라……."

말을 잇지 못하고 허둥거리는 남자 대신 여자가 히죽 웃으며 나섰다.

"하재건 작가님 사모님 맞으시죠?"

"아, 네……. 맞아요."

"애기는 은채 맞죠? 정말 너무 이쁘다. 저희 하재건 작가님 엄청 팬이에요. 사귀게 된 계기도 작가님 사인회 때 만난 덕분이거든요."

"어머, 정말이세요? 제 남편한테 얘기해 주면 소설 집필보다 훨씬 가치 있는 일을 했다고 무지 기뻐하겠어요."

효진이 핸드폰을 받아 사진을 찍어주었다. 두 커플은 기쁜 얼굴로 인사하고 돌아섰다. 그들의 뒷모습을 보며 효진은 자연스레 재건의 이야기로 말문을 열었다.

"정진이야 일 때문이라지만 재건이는 왔으면 좋았을 텐데."

"응, 그러게……."

"아직도 재건이는 그렇게 바쁘니? 밥 한번 같이 먹으러 나오지 못할 만큼 주야장천 글만 쓰고 사는 거야?"

수희는 쓴웃음으로 대답을 대신했다.

재건이 바쁜 것은 사실이었다. 다만 무슨 일로 바쁜지 그녀로서도 도통 감을 잡지 못하고 있을 뿐이었다.

'오늘은 또 어딜 간 걸까……'

최근 들어 재건의 외출이 잦아지고 있었다. 아침에 나가서는 자정이 다 되어서야 들어오는 경우가 태반이었다. 심지어 사흘 전에는 작가 사무실에서 밤샘 집필을 하겠다며 외박을 하기까지 했다.

언제나 재건을 최우선으로 생각하는 수희였다. 있는 그대로의 남편을 이해하려고 애썼다. 하지만 아직 신혼인데 곧잘 외박하는 남편이 섭섭하기도 한 것은 도리가 없었다.

"무슨 생각을 그렇게 해?"

"응? 아니야, 얼른 먹자. 음식 다 식는다."

젓가락을 들려는 찰나에 핸드폰이 울렸다. 액정에 뜬 장은영의 이름을 확인하자마자 수희는 바로 전화를 받았다.

"장 작가님, 안녕하세요."

─호호호, 사모님도 안녕하셨어요. 다름이 아니라 사무실 작가들끼리 은채 선물을 샀는데 의견이 분분해서요. 택배로 보내지 말고 직접 들고 찾아뵙자느니 막 이러네요.

"뭘 또 그런 걸 사시고 그러셨어요. 선물과는 별개로 언제든지 놀러 오세요. 제가 맛있는 저녁 대접할게요. 작가님들은 다들 별고 없으시죠?"

─요즘 다들 신났어요. 민호 형이랑 현경이는 신작 잘나간

다고 온종일 거드름 피우고요. 연우는 강연 다니느라 사무실에 코빼기 제대로 비치지도 않고요. 글구 저희 막내 중에 전봉이 작가 아시죠? 현경이랑 봉이랑 연애하기 시작했대요. 아주 둘이 노는 거 보면 눈꼴 시려서 작업을 못 하겠다니까요.

수희가 소리 내어 웃음을 터뜨렸다.

작가 사무실의 정겨운 풍경이 눈앞에 그려지는 듯했다. 참 좋은 사람들이 남편의 주변에 머물러주고 있어서 새삼 행복한 순간이었다.

웃음기가 잦아들면서 수희가 말했다.

"저도 엊그제 남편 사무실에 갔을 때 따라갈 걸 그랬어요. 같이 밤샘은 못 했겠지만 작가님들 야식이라도 챙겨드렸으면 좋았을 텐데."

―네? 사모님, 엊그제라니요?

"어머, 장 작가님 사흘 전에 사무실에 안 계셨어요? 제 남편 사무실 가서 밤새도록 글 썼던 날이요."

―어라? 저 새로 들어간 성인물 마감 때문에 두 주일째 사무실에 콕 박혀 있었어요. 사흘 전도 그랬구요. 하 작가님 여기 안 오셨었는데.

"……?"

―이상하다. 낮에 잠깐 들르셨던 건가? 제가 24시가 일하

는 건 아니고 낮잠은 곧잘 자니까요.

고개를 떨어뜨린 수희는 내심 스스로에게 놀랐다.

이렇게나 남편에게만 의지하는 마음 약한 여자였을까. 별
것도 아닌 일이라고 생각하면서도 가슴이 두근두근 뛰었다.

–여보세요? 사모님? 사모님?

대꾸할 기력마저 없었다.

남편도 거짓말을 할 수 있는 사람이었다. 그렇게 생각하자
갑자기 두려워졌고 눈물이 핑 도는 수희였다.


## BIG LIFE


[소위 스폰서 협박 사건으로 실형을 받았던 연예인 채보라
가 이번에는 매니저 폭행 사주 혐의로 조사를 받게 됐습니
다. 모 케이블 방송의 성인 버라이어티쇼 고정 패널로 복귀
한 지 불과 2개월 만에 벌어진 일인데요. 소식을 접한 네티
즌들의 실망스러운 반응은……]

[영화감독 우재훈이 사기 혐의로 피소를 당한 사실이 뒤늦
게 알려져 충격을 주고 있습니다. 투자자들은 우재훈의 최신
작 '죽을래 살래' 제작비로 약 20억 원을 투자했는데 한 푼도
변제가 이루어지지 않았다는 입장이며……]

딸깍.

태진이 라디오 기능을 끄고 귀에서 이어폰을 뺐다. 잡념을 떨치고 싶어서 라디오를 틀었는데 오히려 머릿속만 더 복잡해지는 기분이었다.

'이제 한 시간만 더 가면 되나……'

포항으로 달려가는 기차 안이었다. 오래된 기차는 덜커덩 덜커덩 요란하게 몸을 흔들면서도 굳건히 철로를 따라 질주하고 있었다.

태진이 얼룩진 커튼을 젖히고 바깥을 내다보았다. 하나둘씩 떨어지는 빗방울이 차창을 적시고 있었다.

"자네가 한 번은 찾아와 줄 거라고 생각했지. 섭섭하단 소린 아니니 흘려듣게. 이제라도 자네와 한번 그곳에 가서 행랑채에 앉아 수박을 먹었으면 좋겠어. 사모님도 자주 자네 이야기 하셨고."

뺑소니 사고를 당한 친구가 죽기 직전 했던 말이 태진의 귀를 맴돌고 있었다.

친구가 말한 '그곳'으로 가는 여정이다.

'그곳'에 대해 아는 사람은 온 세상을 통틀어 태진 한 사람뿐이었다. 이제야 후회막심한 용기로 친구의 흔적을 찾아가는 길은 괴롭고 쓸쓸하기 짝이 없었다.

태진은 가방을 열고 클립으로 봉한 문서 다발을 꺼내 들었다.

온통 구겨진 채였다. 감정이 격해질 때마다 자기도 모르게 손에 힘이 들어갔던 탓이다.


[조립식 은하수 8번째 퇴고]


T의 감상, '다섯 친구의 꿈을 조립하는 과정에 내가 동창할 수 있어서 축복이었다'

G의 답변, '네 충만한 감성은 어디에 기인하고 있을까. 속 깊은 벗의 우정에, 젖은 이 새벽 내내 가슴 먹먹히 울리며'


[그 유년의 기억 12번째 퇴고]


T의 감상, '고독의 끝자락에 한 점의 희망마저 없다면, 나는 기어코 네가 발길을 떼기 전에 돌려세우고 말겠네'

G의 답변, '외진 길 홀로 걷되, 홀로 걷지 않는 내 곁에 오호라, 그림자처럼 네가 있어주었구나'


[커다란 삶 미완성 초고]

T의 감상, '네 몫의 어둠을 나눠 짊어지고 싶다'

G의 답변, '오직 내 영원한 벗 T에게'


또 한 차례 구겨진 종이들이 가방 밑바닥으로 처박혔다.

수십 번을 반복해 읽었어도 날뛰는 이 감정을 추스를 길이
없었다.

작품마다 적혀 있는 메모의 'T'가 자신이라는 걸 모를 리
없는 태진이었다. 친구는 언제나 가장 먼저 자신에게 글을
보여주었고 의견을 구했다.

친구가 작품을 보여주는 사람은 극히 한정되어 있었다. 스
승으로부터 버림받은 이후로는 그 대상이 더욱이 좁혀졌다.
그리고 끝내 남은 단 한 사람의 독자는 어이없게도 친구의
작품을 자신의 것으로 탈바꿈시켰다.

'자네, 나를 많이 원망하겠지.'

대답이 돌아올 리 없었다.

태진은 두 눈을 감고 한숨을 뱉어냈다. 한 토막씩 조각조
각, 아주 길게.


## BIG LIFE


"아니, 이렇게 오래된 여인숙에 묵어가시기가 불편하실

텐데요."

"묵어가려는 게 아닙니다. 혹시……."

태진이 말끝을 흐리며 노파의 얼굴을 훑어보았다. 주름진 살결도 기억 속의 이목구비를 가리지는 못했다. 오래전 보았던 사람 좋은 아주머니의 얼굴이 노파의 위로 겹쳐지고 있었다.

"왜 그렇게 빤히 보시나 그래."

"아닙니다. 그저……."

태진이 헛기침을 하고 일단 말을 끊었다. 오래전 친구와 함께 이곳에서 장기로 숙박했던 과거가 있지만 묻어두기로 했다.

"친구가 이곳에 짐을 놔두고 갔다고 하던데……."

"으응? 짐을 놔둬요? 어떤 친구?"

"그게…… 서건우라는 친구인데 여기서도 글을 쓰고 있었을 겁니다."

더 이상 설명할 필요도 없었다.

노파는 고개를 갸우뚱거리며 태진의 얼굴을 살피더니 대뜸 묻는 것이었다.

"자네 오태진인가?"

"아……."

"맞지? 그래, 74년이었나 75년이었나. 건우하고 여기서 오래 살았었잖어."

"맞습니다……. 기억하시고 계셨군요."

상황 탓에 태진은 반가움보다 곤혹스러운 마음이 앞섰다. 그러거나 말거나 노파는 반갑게 그의 두 손을 맞잡았다.

"사람 참 야속하네그래, 이렇게 건강하게 잘 살아 있었으면 기별이라도 주고 살지. 내가 이제 다 기억이 나. 자네가 우리 수박 다 거둘냈잖어. 우리 집 수박이 최고라고."

"네, 그랬었지요. 정말 최고로 맛있었습니다. 사모님도 여전히 정정하신 것 같아서 무척 다행입니다."

노파는 태진이 한국 최대 출판그룹의 회장이었다는 사실도 전혀 알지 못했다. 그저 수십 년도 더 지난 옛날의 학생 대하듯 웃으며 말을 이어갔다.

"건우가 자네에 대한 얘기는 하질 않아서. 이 사람도 서울 한번 올라가더니 감감무소식이네. 그래, 건우는 잘 지내고 있는가?"

"그게…… 네, 잘 지내고 있습니다."

"그런데 왜 자네만 왔는가?"

"건우가 일이 조금 바빠서…… 제가 마침 포항에 일이 있다고 하니 겸사겸사 자기 짐을 좀 챙겨다 달라고 해서 말입니다."

노파는 못마땅한 표정으로나마 고개를 가만히 끄덕였다.

그녀가 충격을 받을까 무심코 거짓말을 해버린 태진은 더 이상 덧붙여 말하지 않고 입을 꾹 다물었다.

"짐이랄 게 뭐 있는가. 짐 가방이라도 여기다 뒀을 땐 건우가 같이 있는 것 같아 마음 한구석이 든든했는데. 이리 오게나. 건우 지내던 방 그대로 있으니까 오늘 하루 자구 가."

"네, 사모님."

작은 방으로 인도된 태진이 한가운데에 멍하니 섰다.

색 바랜 벽지와 곳곳이 뜯어진 바닥, 그리고 먼지 낀 형광등이 하나하나 두 눈에 담겼다. 이윽고 노파가 작은 가방 하나를 낑낑거리며 들고 왔다.

"이리 주세요. 저한테 말씀을 하시지 그러셨어요."

"별로 무겁지도 않은데 내가 다 늙어서. 짐 풀고 점심 자시러 나오시게."

"고맙습니다."

홀로 남은 태진은 우두커니 앉아 친구의 가방을 열었다. 잡다한 생필품 이외에는 모조리 낡은 책들 혹은 습작 노트뿐이었다.

가장 위에 놓인 일기장으로 자연스레 손길이 갔다.

그저 무심하게 몇 페이지나 넘겼을까.

한 방울의 눈물이 똑, 떨어져 일기장의 한곳을 적셨다.

번지는 슬픔 한가운데에는 어김없이 'T'가 있었다.

다음 장도.

또 다음 장도.

가장 마지막 페이지까지 모든 곳에 'T'가 있었다.

"미안하네……!"

태진이 일기장을 가슴에 끌어안고 허리를 숙였다.

꺽꺽거리며 숨 가쁘게 우는 기척을 알아챈 사람은 이제 쌀을 씻기 시작한 노파뿐이었다.

수없이 많은 손님이 지닌 인생의 무게를 가늠할 줄 알기에 그녀는 이유를 묻지 않았다.

태진의 다음 행선지에 대해서도.


## BIG LIFE


"이곳으로 오실 줄 알고 있었습니다."

달빛만이 어슴푸레 세상을 비추는 깊은 밤.

봉긋이 솟은 무덤 뒤에서 한 남자의 목소리가 들려왔다. 스스로도 이상했지만 태진은 놀라지 않았다. 다만 품에 넣었던 손을 빼지 못하고 몸을 떨 뿐이었다.

"그래서 계속 기다리고 있었습니다."

"왜 나를 기다렸는가."

"지금 하시려는 일이 최선이십니까?"

"말리지 말게."

상대가 무덤 옆으로 한 걸음 내디디며 가까워 왔다. 먼발치에 선 가로등이 불빛을 보태주었다. 까칠한 수염으로 턱밑을 덮은 재건의 얼굴이 보였다.

"제발 거기서 멈춰주게."

어둠에 얼굴을 파묻고서 태진이 호소했다.

"예우 따위를 바라는 게 아닐세. 가면이 벗겨지고 도둑놈이었다는 사실이 드러난 마당에 그럴 주제도 없지. 다만 자네보다 배 이상은 살아온 한 사람의 늙은이로서 부탁하고 싶은 거야."

여전히 태진은 고개를 들지 못하고 있었다.

"생애 마지막으로 소망하는 길이니 부디 막지 말아주게."

"죄송하지만 그럴 순 없습니다."

재건이 말을 듣지 않고 한 걸음, 한 걸음 가까이 다가섰다. 품 안으로 집어넣고 있던 태진의 손 가득히 핏발이 섰다.

"이대로 집으로 돌아가게. 자네가 곤란해질 일은 만들고 싶지 않네."

"저는 이미 곤란해졌습니다."

즉답하는 재건의 목소리는 확고했다.

"제가 왜 여기서 몇 날 며칠을 기다리고 있었겠습니까. 말씀드렸다시피 회장님께서 이곳에 오시리라고 믿었기 때문입니다."

"……."

"그리고 이렇게 만나뵙게 되었어요. 그런데 이대로 돌아가라고요? 저한테 무슨 죄책감을 안겨주시려고 그런 말도 안 되는 말씀을 하시는 겁니까?"

"이보게……!"

"훌륭한 아드님 생각은 안 하십니까? 오명석 대표님의 요즘 하루하루가 어떨지 상상이나 해보셨습니까? 회사 업무는 커녕 하루 한 끼 식사도 제대로 못 하고, 피골이 상접했어요. 지금 사람의 얼굴이 아닙니다."

"그만…… 제발 그만……."

한 방울의 눈물이 떨어져 풀밭을 적셨다.

태진의 것이 아니었다. 무덤 너머 수풀 한가운데에 몸을 기대고 선 명석의 눈물이었다. 제발 자신이 뛰쳐나갈 급박한 상황이 생기지 않기만을 그는 간절히 바라고 있었다. 아버지란 사람은 한계까지 무너진 모습을 아들에게 들키고 싶지 않을 테니까.

서늘한 바람 한 줄기가 날아들었다. 정적 속으로 풀벌레 소리만이 귓가를 스쳤다.

곧이어 태진이 무릎을 꿇듯이 그 자리에 주저앉았다.

"내가 어떡하면 좋겠는가."

"간단한 문제 아닐까요?"

무덤가에 시선을 박은 채로 재건이 답했다.

태진은 창백한 낯 위로 의문을 품고 재건을 올려다보았다.

"어떡하셔야 서건우 선배님이 좋아하실지 곰곰이 생각해 보시면 답은 금세 나올 거라고 생각합니다."

"……."

"서건우 선배님은 소망하고 계실 겁니다. 회장님께서 무거운 마음의 짐을 전부 내려놓으시고 편안한 삶을 살아가시기를 말입니다. 그게 당연하지 않겠습니까?"

태진이 아무런 대꾸도 못 하고 고개를 숙였다.

재건은 한쪽 무릎을 꿇고 그 앞에 쪼그려 앉았다. 그리고 태진이 내내 품에 넣고 있던 팔을 살며시 잡아 빼며 덧붙였다.

"지금도 두 분께서는 멋진 친구십니다."

"으흐흐흐흐……!"

이곳에 오기 전 포항에서의 오열이 생애 마지막일 거라고 다짐했건만. 북받친 후회와 해소되지 못한 죄책감은 아직도 한참이나 쌓여 있었다.

"나를…… 나를 용서해 줄까……! 이 친구가 나를…… 정말이지 용서해 줄까……."

"용서하고 말고 할 일도 없을 겁니다."

수풀 속에 숨듯이 선 명석은 시큰거리는 제 콧등을 꾹 쥐고 있었다.

아버지의 울음소리가 커서 다행이었다. 아들의 슬픔은 짙어져 가는 밤과 함께 고요히 파묻히고 있었다.

## BIG LIFE

"이제 완전히 끝난 거야?"

"어, 끝났어."

집으로 돌아온 재건이 힘없이 말했다.

마주 선 수희는 살포시 웃으며 재건의 턱 밑을 매만졌다.

"이렇게까지 면도 안 한 거 처음 봐. 까끌까끌한 감촉이 재밌네."

"수희야."

"응?"

"미안해."

재건이 턱을 만지는 수희의 팔목을 잡고서 말을 이었다.

"본의 아니게 거짓말을 해버렸어. 어떻게 이 상황을 설명해야 할지 머리가 복잡했어. 네가 걱정할 것 같기도 했고……! 그만큼 경황이 없었던 것 같기도 하고……!"

"사과하지 않아도 돼. 난 괜찮아……."

"맹세할게. 이번에 너에게 했던 거짓말은 내 인생 처음이자 마지막이 될 거라고."

재건은 자꾸만 목이 메었다.

평소 내색하지 않을 뿐이지, 수희가 자신에게 얼마나 많이 의지하는 여자인지 잘 알기 때문이다. 가녀린 아내의 몸을 끌어안고서 그는 덧붙였다.

"내가 정말 잘못했다."

"괜찮대두 그러네……."

수희가 찡해진 코끝으로 재건의 가슴을 콕콕 찌르며 대꾸했다. 지금까지 약속했던 바를 한 번도 어긴 적이 없는 남편이다. 이제 모든 문제는 끝났고 그녀는 가슴 깊이 안도했다.

"가서 씻고 와. 저녁 차려놓을게."

"알았어."

"면도도 꼭 해. 자기도 모르게 은채한테 비비다 상처 나면 어떡해."

"하하하."

샤워를 마치고 맛있게 저녁을 먹은 뒤, 재건은 실로 오래간만에 서건우의 머그컵을 꺼내 들었다.

태진의 행방을 추적하느라 쌓인 피로감이 상당했다. 수희의 기분을 풀어주기 위해서라도 오늘 밤은 일찍 잠들고 싶지 않았다.

'으음……?'

재건이 머그컵을 내려다보며 고개를 갸웃거렸다.

뜨거운 커피 한 잔을 남김없이 마셨는데도 기력이 회복될 기미가 느껴지지 않는 것이다.

지나치게 피로가 축적된 까닭일까.

그래서 한 잔으로는 기별도 오지 않는 것일까.

곰곰이 생각해 보면 그런 단순한 이유는 아닌 듯했다. 과거 불철주야 밤을 새우면서 글을 썼던 시절의 피로도 보통 수준이 아니었다.

하지만 아무리 피곤해도 머그컵으로 커피 한 잔이면 말끔히 치유되곤 하지 않았는가.

'설마……..'

재건은 다른 부분으로 생각이 미쳐 몸을 돌려세웠다. 그리고 서재로 올라가 책장 한구석에 놓아두었던 낡은 노트북을 꺼내 들었다. 시간에 쫓길 필요가 사라진 이후로 좀처럼 사용하지 않게 된 서건우의 노트북이었다. 언제부터였는지 기억조차 가물가물했다.

타닥! 타다닥! 타닥!

"당신 뭐 해? 글 쓰는 거야?"

"아니야, 수희야. 잠깐이면 되니까 방에서 기다리고 있어."

약 10여 분 후.

재건은 입을 꾹 다물고 키보드를 두들기던 열 손가락을 멈췄다.

추측이 틀리지 않았음을 깨달았다.

시간당 1만 자의 집필을 가능케 했던 능력이 전혀 발휘되지 않았다.

'그렇다면 다른 것들도……'

이번엔 비교적 최근까지 사용했던 뿔테 안경을 쓰고 책 하나를 꺼내 펼쳤다.

그러나 한 페이지를 채 넘기기도 전에 재건의 입에서 가느다란 한숨이 새어 나왔다. 맨눈으로 보는 것과 하등 차이가 없었다.

"야옹."

"리카……."

재건이 고개를 들고 안경을 벗었다.

테이블 위로 올라와 앉은 리카가 자신을 바라보고 있었다. 영롱하게 빛나는 두 눈이 말하고 있는 듯했다. 대선배의 유품에 기댈 시기는 오래전에 끝나지 않았느냐고.

"네가 무슨 생각하는지 알 것 같아, 리카."

재건이 리카를 들어 가슴에 안았다.

입가에는 한없이 편안한 미소가 걸려 있었다. 이제 선배님도 완전히 마음을 놓으신 거라고, 비로소 편안하게 잠드실 수 있게 된 거라고 확신하면서 그는 오래도록 리카를 품에서 놓지 않았다.


## BIG LIFE


"정말 혼자 가시겠습니까?"

"그래, 이건 내 일이다."

넥타이까지 매고 난 태진이 단호하게 대꾸했다.

명석은 몹시 난처한 얼굴로 그의 등 뒤를 지키듯이 서 있었다.

"나 홀로 걸어가야 할 길이다. 집에서 어머니랑 아가랑 함께 기다리고 있거라."

"하지만 아버지…… 그렇다면 적어도 호텔까지는 모셔다 드리겠습니다. 회장까지는 동행하지 않더라도 가시는 길만큼은 제가 함께……."

명석은 말을 잇지 못했다. 자신의 양어깨에 손을 얹은 태진이 고개를 가로젓고 있었다. 아버지의 얼굴에는 실로 오랜만에 접하는 온화한 미소가 만연했다.

"이제 걱정할 것 없다, 명석아."

"아버지……."

"그저 너에게 미안하구나. 회사에는 아무래도 타격이 갈 수밖에 없을 테지."

"아버지야말로 그런 걱정은 하지 말아주십시오. 애초에 아버지로부터 물려받은 회사입니다. 설령 큰 타격을 피할 수 없게 된다고 하더라도 제가 잘 수습하겠습니다."

태진은 믿음직한 장남의 어깨를 두어 번 다독여 주고는 돌아섰다.

명석은 두 눈으로 그의 뒷모습을 전송했다. 자연스레 웃음이 났다. 어느새 아버지의 등이 예전처럼 넓어져 있었다.

"호텔로 바로 가세."

"네, 회장님."


차를 달려 기자회견장에 도착하니 이미 수십 명의 기자가 진을 치고 있었다.

태진은 보안 요원들이 터준 길을 따라 단상 위로 올라섰다.

"안녕하십니까, 전 웅성그룹 대표였던 오태진입니다. 바쁘신 와중에 이 늙은이의 말을 들으러 와주셔서 우선 감사의 말씀을 드립니다."

태진은 그렇게만 소개를 끝냈다.

이제 자신을 향한 작가라는 칭호는 죽을 때까지 입에 담지 않을 생각이었다.

"저는……."

태진이 단상 아래 기자들을 돌아보며 말문을 열었다.

기자들은 하나같이 두 귀를 쫑긋 세우고 그에게로 시선을 모았다.

이 자리에 모인 기자들의 궁금증은 꼭 같았다. '다섯 개의 꿈'과 같은 베스트셀러의 판매를 왜 중단했는지. 더불어 한중 문화 수교 사업에도 불참하고 두문불출했던 까닭은 무엇인지.

"저는…… 저 오태진이라는 사람은……."

그토록 각고의 결심을 하고 왔음에도 불구하고 목이 쉽게 트이질 않았다.

태진은 잠시 두 눈을 감고 장남의 얼굴을 떠올렸다.

당당한 아버지가 되어야 한다. 더 이상 부끄러운 모습으로 남아서는 안 된다.

다짐을 거듭하면서 살짝 꺾였던 용기가 다시금 바로 섰다.

"저는 표절을 했습니다."

"……?!"

"……?!"

다소 어수선했던 장내가 단숨에 정적으로 휘감겼다.

수십 명의 기자가 마치 약속한 것처럼 동시에 입을 다물고 있었다, 한껏 치켜뜬 두 눈으로는 서로의 눈치를 살피면서.

"다섯 개의 꿈과 마지막 여행은 순수한 제힘으로 쓴 것이 아닙니다. 두 작품 다 서건우라는 이름의 작가가 쓴 작품을 베꼈습니다. 다섯 개의 꿈은 서건우 작가의 조립식 은하수, 그리고 마지막 여행은 그 유년의 기억이라는 작품 70% 이상을 표절했습니다."

태진의 설명이 끝나기가 무섭게 여기저기서 소란이 일어났다. 태블릿 PC로 재빨리 검색하고 난 한 기자가 급박하게 질문을 던져 왔다.

"서건우라는 작가님은 어떤 작품을 쓰셨습니까? 검색해도 아무것도 나오지 않는데요."

다른 기자가 그 뒤를 이어 질문했다.

"혹시 필명을 쓰셨습니까? 혹시 오태진 작가님과 관계가 있는 분이십니까?"

기자들이 앞다투어 질문들을 쏟아내면서 기자회견은 아수라장이 되어갔다.

판매를 중단하고 틀어박혀 있었던 이유가 표절이었다니. 심지어 한국문학사에 거장으로 족적을 남기고 있는 태진이 그 당사자라니.

웬만큼 큰 사건이 아니고는 항시 초연할 줄 아는 기자들도 하나같이 얼이 빠져 있었다.

기자들이 진정되기까지는 꽤나 시간이 걸렸다. 가까스로

소란이 잦아들고 태진은 다시 말을 이어갈 기회를 얻었다.

"대학 시절부터 사귀었던 오랜 벗이었습니다. 수년 전, 그 친구는 오랜 칩거 생활을 정리하고 저를 만나러 서울에 올라왔습니다. 제게 작품을 맡기기 위해서 말입니다."

태진의 두 눈이 그날의 풍경을 좇아 허공 한구석을 훑고 있었다. 기자들은 저마다 노트북과 태블릿 PC로 태진의 말을 받아 적느라 여념이 없었다.

"아까 어떤 기자님이 물으셨지요. 작가인데 어째서 작품이 하나도 없느냐고. 그 친구 본인이 자신의 작품에 좀처럼 만족하지 못했기 때문입니다. 저를 비롯한 주변 사람들의 눈에는 너무나 훌륭한 글이지만, 정작 쓴 본인에게는 한낱 잡문에 지나지 않았던 겁니다."

어느새 태진의 입가에 씁쓸한 웃음이 감돌았다.

"그랬던 친구가 노년에 마음을 바꿔 저를 찾아온 겁니다. 저는 그의 생애 가장 친한 벗이었던 동시에 출판사의 대표이기도 했으니까요. 그리고 제게 이것을 주었지요."

태진이 손에 쥔 작은 USB 메모리를 기자들의 눈앞으로 들어 보였다.

"서건우 작가는 이 작은 USB 안에 심혈을 기울여 완성한 작품들을 오롯이 담아 찾아왔습니다. 포항의 어느 낡은 여관에 기거하면서 긴 세월 가다듬은 소중한 글줄을 말입니다.

그리고……."

태진이 문득 말끝을 흐렸다.

연달아 터지는 기자들의 카메라 플래시는 그의 두 눈 가득 고이는 눈물을 놓치지 않았다.

"이 USB를 전해 주고 난 후 얼마 못 가 죽었습니다. 제가 보는 앞에서 돌아가던 길에 뺑소니 사고를 당하고 만 겁니다. 물론 당시 범인은 잡았고 실형을 면치 못했습니다. 하지만……."

기어코 태진의 두 눈에서 눈물이 뚝뚝 떨어졌다. 눈물을 훔칠 새도 없이 그는 자신의 발등을 내려다보며 말을 이었다.

"제가 그만 그 범죄자의 뒤를 이었습니다. 서건우 작가가 저 이외에는 누구에게도 작품을 보여주지 않았다는 점을 악용해 버린 겁니다. 그의 가방에 들어 있었던 노트북을 말끔히 포맷하고 USB 메모리는 따로 숨겼습니다."

솔직하게 지나간 일들을 밝히면서도 사죄는 속으로만 이어가는 태진이었다.

이제 와서 기자들을 세워놓고 친구에게 사죄한들 무슨 소용이란 말인가. 그거야말로 비굴한 자기 연민이고 친구를 두 번 죽이는 행위 아닌가.

"……이상입니다."

덧붙이는 변명은 일절 없었다.

쉴 새 없이 터지는 플래시 때문에 두 눈이 부셨지만 태진은 피하지 않고 받아들였다. 모두 스스로 감내해야 할 것들이었다.

그날 밤, USB 메모리는 온당히 가져야 할 사람의 손으로 전해졌다. 그리고 그 사람을 통해 다시금 재건이 USB 메모리를 받게 된 것은 며칠이 더 지난 후의 일이었다.

162장
새로운 세상이

"살이 조금 붙으신 것 같습니다, 선배님."

부드러운 클래식 선율이 흐르는 오후의 카페.

재건이 의자를 빼며 인사를 건넸다. 엉거주춤 선 상도의 입가에는 머쓱한 미소가 희미하게 걸려 있었다.

"선배님이라고 하지 말아주세요, 하 작가님."

"선배님께 선배님이라고 하는 게 어때서요."

"저야 뭐 아시다시피 글쟁이도 못 되고……."

"자책은 이제 그만두실 때도 되지 않았습니까."

카페 유리문 바깥에서 경적이 시끄럽게 울렸다. 도심 대로변에 위치한 카페라서 줄을 지어 늘어선 차들이 한눈에 보였다.

재건은 그쪽을 무심코 힐끗거리며 생각했다. 상도가 무슨 목적으로 경주에서 이곳 서울까지 올라왔을까 하고.

"하 작가님."

"네, 선배님. 말씀하세요."

두 사람의 시선이 테이블 위에서 마주쳤다.

이 자리에 오기 전 이미 결심을 굳힌 상도의 표정은 단호했다. 주저 없이 가방을 열고 그 안에 든 것을 꺼내 테이블 한가운데 내려놓았다.

"받아주십시오."

"이게 뭐죠?"

재건이 서류 봉투를 내려다보며 물었다. 어디서나 쉽게 접할 수 있는 갈색의 흔한 봉투였다.

상도가 입구를 개봉하고는 그 안에 든 서류들을 끄집어 냈다.

"전에 제가 말씀드렸죠? 경주 병원에서 말입니다."

"……."

재건은 대꾸하지 못하고 가슴을 한 차례 들썩였다.

상도가 꺼내놓은 것은 저작권 양도 계약서였다. 두말할 것도 없이 서건우의 유작들에 관한 서류였다. 상도는 지금 여기서 자기 아버지의 모든 작품을 재건에게 넘기려는 것이었다.

"내용은 전부 제가 기입했습니다. 하 작가님께서는 서명만 해주시면 됩니다."

"선배님, 저는……."

"미심쩍은 부분이 있으시다면 차분히 확인해 보셔도 됩니다."

"미심쩍거나 그런 이야기가 아닙니다. 저는 이걸……."

재건이 가슴에 찬 더운 숨을 한 차례 내뱉고는 덧붙였다.

"저는 이걸 받을 수 없습니다."

"어째서요?"

"어째서라니요, 당연히 아들이신 선배님께서 맡아주셔야 할 작품이자 유산이니까요."

"그렇지 않습니다."

상도가 강경하게 고개를 가로저었다.

"아버지의 작품은 무조건 어떠한 일이 있더라도 하 작가님이 맡아주셔야 합니다. 운명처럼 그렇게 정해졌습니다."

"운명이라니, 그런……."

"하 작가님, 제가 경주에서 드렸던 말씀 기억하십니까?"

질문을 던진 상도는 재건이 대답할 틈도 주지 않고 스스로 말을 이어갔다.

"하 작가님만 보면 속이 뒤틀린다고 말했었습니다. 하 작가님을 보면 생각하기 싫은 제 지나간 과오를 떠올리게 된다고, 그래서 하 작가님을 미워한다고 말입니다."

"……."

"그런 마음이었기에 저작권도 미련 없이 내드린다고 말씀
드렸던 겁니다. 유령처럼 제 주위를 떠돌던 아버지의 흔적
도, 그리고 하 작가님의 존재도 전부 멀리 떠나주기를 바랐
던 거죠. 하지만……!"

감정이 격앙되면서 상도의 말이 끊겼다. 그는 유리잔에 꽂
힌 빨대를 뽑아내고는 절반의 커피를 벌컥벌컥 마셨다. 그런
뒤 호흡을 고르고 나서야 말을 이었다.

"이제는 당시의 변변찮고 치졸한 마음으로 아버지의 작품
을 넘기려는 게 아닙니다. 하 작가님이 제 아버지의 아들이
기 때문입니다."

"아들이요……?!"

"사람으로서의 아들은 저지만 작가로서의 아들은 하 작가
님입니다. 제 아버지의 작품을 끝까지 지켜주고 또 살려내셨
습니다. 하 작가님이 말씀하셨듯이 유종의 미를 거두셨죠.
무능한 저의 힘과 의지로는 불가능한 일이었습니다. 그러니
까……."

상도의 떨리는 두 손이 재건 쪽으로 서류를 밀고 있었다.

"온당히…… 하 작가님께 드려야 합니다……."

"선배님……."

"제 아버지의 작품이 독자들의 손에 안길 수 있도록 잘 부탁드립니다. 더는 거절하지 말아주세요. 아무리 옥신각신해도 제가 끝까지 버틸 겁니다. 시간은 백수인 제 쪽이 훨씬 더 많을 테니 승부도 되지 않을 겁니다."

뒤이어 상도는 펜을 꺼내 두 손으로 정중히 권했다. 재건이 여전히 망설이고 있자 손에 억지로 펜을 쥐여주기까지 하면서 덧붙였다.

"커다란 삶의 여백도 부디 잘 채워주시길 부탁드립니다."

"선배님……."

"아버지의 미완성 유고에 하 작가님이 마침표를 찍으시는 그날, 손꼽아 기다리고 있겠습니다."

멍하니 시선을 내리깐 재건은 목이 메어왔다. 두서없이 떨리는 펜 끝이 종이 위로 내려가고 있었다.

그토록 갈망해 왔던 '커다란 삶'이 이 안에 있다. 이제 서명하고 나면 돌이킬 수 없게 된다. 무슨 일이 있더라도 마침표를 찍어야만 한다. 묵직한 사명감이 새삼 재건을 두렵게 했다.

'선배님, 제가 감히 해낼 수 있을까요?'

어느새 재건은 마음속으로 묻고 있었다.

오래도록 글을 쓰면서 늘 해왔던 버릇이다. 언젠가부터 대선배의 대답이 들려오지 않게 되었어도 쉽게 놓지 못했던 마음 한구석의 단단한 끈이다.

끼이익.

때맞춰 카페 주인이 창문을 열면서 한 줄기 바람이 아스라이 흘러들었다.

청량한 바람이 코끝을 스쳐 갔고 재건은 희미하게 웃었다. 이 바람이 서건우의 허락이라고 받아들이기로 했다.

"전력을 다하겠습니다."

펜을 잡은 손에 힘이 가득 들어갔다. 힘찬 필치로 서명을 새겨 넣으며 재건은 각오를 다잡았다.

"서건우 선배님의 작품에 누를 끼치지 않을 거라고 장담은 못 하겠습니다. 다만 있는 힘을 다하겠습니다."

"그거면 충분합니다, 하 작가님."

상도가 부르튼 입술을 펼치며 활짝 웃었다. 인생을 통틀어 실로 오랜만에 지어보는 해맑은 웃음이었다. 재건도 처음 보는 그의 환한 미소에 절로 입꼬리를 올릴 수밖에 없었다.

완연한 봄기운이 두 사람 주변을 감돌았다.

BIG LIFE

"전집 말씀이십니까?"

"그렇습니다. 애초에 USB 메모리에 든 작품들은 오태진 회장님께 맡기실 예정이었으니까요. 웅성에서 맡아주시기를 서건우 선배님도 바라실 겁니다."

명석이 입을 꾹 다문 채 고개를 끄덕거렸다. 아들로서 아버지의 죄책감을 공유하는 그로서는 쉽사리 입이 떨어지지 않는 순간이었다.

"알겠습니다, 하 선생님."

명석의 입이 열린 것은 커피 한 잔이 다 식을 즈음이었다.

"기획과 편집 전부 제가 도맡겠습니다. 하 선생님의 작품을 맡았을 때처럼 제가 가진 모든 역량을 발휘하겠습니다."

"고맙습니다, 대표님."

재건과 명석이 서로에게 고개 숙여 감사를 표했다.

다시금 머리를 든 두 사람의 얼굴에는 꼭 같은 쓴웃음이 맴돌고 있었다.

"참 많은 일이 있었습니다."

"그러게 말입니다."

"서상도 씨는 바로 내려가신 겁니까?"

"네, 조금 전에 터미널까지 모셔다 드리고 오는 길입니다."

상도는 다시 경주로 내려갔다. 고 강병하의 손녀 연주가 머물고 있는 오래된 가옥으로. 그곳에서 지난날을 돌아보며 습작을 시작한다고 했다.

무성한 잡초와 지난한 세월에 뒤덮여 있던 그곳도 이제 활기를 더해가게 되리라. 가야 할 길을 찾아낸 사람들의 손길을 타고, 하루하루 더욱이 싱그럽게.

"오래지 않아 다시 서울에 올라오셔야 할 겁니다."

"서상도 씨가요?"

"네, 문원이 완공되면 서상도 선배님이 맡아주셔야 하니까요. 제가 다시 모셔올 겁니다."

재건은 이미 서건우의 문원을 건립할 계획을 대략적으로 머리에 그려둔 상태였다. 무덤을 포함한 주변 부지를 통째로 매입해 기념관을 만들고, 여건이 좋지 못한 작가들이 숙식하며 집필할 수 있는 공간도 마련할 생각이었다.

"그럼 하 선생님, 문원 이름은……?"

"조립식 은하수요."

재건이 뜸도 들이지 않고 즉각 대답했다. 진즉 결정한 바였기에 망설일 것이 없었다.

"제가 좋아하는 서건우 선배님의 작품명 그대로 따서 지을 겁니다. 설령 서상도 선배님이 반대하시더라도 밀어붙일 겁니다. 제가 짓는 문원입니다."

"하하하."

농담 사이로 웃음이 오갔다.

얼마간 더 대화를 나눈 끝에 재건은 시계를 보고 일어섰다.

"벌써 가시려고요?"

"업무 때문에 바쁘셨을 텐데 제가 대표님을 너무 훼방 놓았습니다. 언제고 한가하실 때 연락주세요. 대표님이랑 복요리 먹으러 또 가고 싶습니다."

명석은 마다하는 재건을 지하 주차장까지 배웅해 주었다.

차문을 열고 몸을 싣기 직전, 재건이 명석을 돌아보며 조심스럽게 물었다.

"오태진 회장님께서는 별고 없으십니까?"

"어머니와 함께 전국 방방곡곡으로 여행 중이십니다. 어제도 통화했는데 아주 편안하신 목소리였습니다. 걱정하시지 않으셔도 될 것 같습니다."

고개를 끄덕이는 재건에게 이번엔 명석이 물었다.

"하 선생님은 이제 댁으로 가십니까?"

"작가들 본 지가 오래돼서 부천 작가 사무실로 갑니다."

부르릉!

시동 걸린 차가 미끄러지듯 앞으로 나아갔다. 명석은 뿌리박은 나무처럼 그곳에 서서 멀어져 가는 재건을 두 눈에 담고 있었다.

'감사합니다, 하 선생님. 아들인 제게 먼저 수습할 기회를 주셔서요.'

차마 재건 앞에서는 부끄러워 꺼내지 못했던 말이다. 시야에서 차가 완전히 사라지고 나서야 명석은 돌아섰다.

문득 가족이 보고 싶어졌고, 핸드폰을 잡은 손가락은 오래도록 보지 못한 동생의 번호를 누르고 있었다.

BIG LIFE

드르륵! 드르륵! 드르륵!

핸드폰이 거듭 요란하게 몸을 떨어댔다. 하지만 덥수룩한 머리의 사내는 그리로 눈길 한번 주지 않았다. 방금 비운 술잔에 소주를 콸콸 따르면서 TV를 멀거니 바라볼 뿐이었다. 생방송 시사 프로그램이었다.

[……따라서 권성득 의원은 결국 강도 높은 검찰 조사를 피할 수 없게 되었습니다. 보좌관 월급 3억 원 횡령 건은 그야말로 빙산의 일각이었던 거죠. 그렇지 않습니까?]

[네, 뭐 그때까지만 해도 공교롭다는 말이 나오지 않을 수 없는 상황이었죠. 대선 후보 출마를 위해 당내 경선을 코앞에 둔 상황이잖습니까? 안타깝다느니 뭐니 동정론이 나왔을 정도였는데요. 10억 원 규모의 뇌물 수수라니 이젠 뭐 **빼도 박도** 못하게 됐죠.]

[심지어 그것도 한중 문화 수교 사업과 관련이 돼 있어요. 이 얼마나 부끄러운 일입니까. 검찰 출입 기자를 통해 들어

보면 혐의 대부분도 입증된 상황이라고 하지요? 윤 기자님 께서는 향후 전망을 어떻게 보십니까?]

　[전망이라고 할 것도 없이 속된 말로 경선은 물 건너갔다 고 봐야 합니다. 이거 권성득 의원 보좌관이 작정하고 까발 린 아니, 죄송합니다. 오픈한 거고요. 그러니까 국회의원직 을 박탈당하느냐 마느냐 그게 더 시급한 문제죠.]

　[그만큼 중대한 사안이지요.]

　[만약 검찰 수사 결과 모든 게 사실로 드러나면 중대 사안 을 넘어 중대 범죄가 되거든요, 이거. 대선 앞두고 여론도 민 감한 마당에 절대 가볍게 넘어갈 수 있을 사안이 아니에요.]


　화면 한가운데로 성득의 사진이 떠오르고 있었다. 사내는 개인적으로도 친분이 있었던 성득의 얼굴을 무감각하게 바 라보았다. 어떻게 되든 이젠 관심조차 없는 인간이다. 사회 에서 매장당하다시피 한 친아버지를 생각해도 별 감흥이 없 는데, 남이나 다름없는 성득에게 퍽이나.

　"총각, 오늘은 왜 이렇게 낮부터 많이 마셔요."

　40대의 여주인이 사내가 주문하지도 않은 뜨끈한 국물을 한 뚝배기 떠다 주었다.

　사내는 말 없이 고개만 까닥여 감사하고는 또 한 잔의 술 을 들이마셨다.

"어제도 많이 드셨는데 하루쯤은 거르셔도 좋잖아요. 식
사라도 잘 하시면 몰라. 하루가 다르게 수척해지시니 뭐라고
한마디 안 할 수가 없네."

"……."

여전히 사내는 묵묵부답이었다. 여주인도 대답을 바라고
한 말이 아니었기에 가벼운 한숨만 내쉬고 돌아섰다.

벌써 1년도 넘었을까. 사내는 매일같이 식당에 찾아와 술
을 마시면서도 주문할 때 외에는 한마디 말하는 법이 없었
다. 때문에 여주인은 사내가 어디에서 온 누구인지 아직도
모르고 있었다. 그저 말씨로 보아 서울 사람이라 짐작만 할
뿐이었다.

"저 서울 양반 또 죽치고 있네?"

이제 막 식당에 놀러 온 옆집 여자의 말이었다. 여주인이
그녀의 어깨를 찰싹 때리며 나무랐다.

"목소리 좀 줄여. 듣겠어."

"대체 뭐 하다 온 양반이기에 일도 안 하고 온종일 흥청망
청. 외상 한 번 안 하는 게 용하네."

실제로 사내는 외상은커녕 매번 웃돈을 내고 마셨다. 계산
할 때마다 거스름돈을 받아간 적이 없었다.

그게 쌓이고 쌓이다 보니 어느새 여주인도 애틋한 마음을
품게 됐고, 문을 닫을 시간이 돼도 사내가 다 마시길 자연스

레 기다려 주곤 했다.

옆집 여자가 두 눈을 가늘게 뜨고 말을 이었다.

"그래도 인물은 훤칠하단 말이야. 저렇게 후줄근한 옷에 거지 머리를 하고 있어도 원판은 못 속인다니까. 자기도 혼잔데 함 데이트하자고 말이나 해봐."

"이 주책바가지를 어찌할꼬. 시끄러운 소리 할 거면 빨리 나가. 남의 장사 방해하지 말고."

끼이익.

두 여자가 흠칫 떨며 시선을 모았다.

소리 내어 의자를 뒤로 빼낸 사내가 일어서고 있었다. 항상 그래왔듯이 술값을 탁자 끝머리에 놓아두고서 그는 휘청거리는 걸음을 내디뎠다.


쏴아아아!

허름한 식당을 나서자마자 바닷소리가 들려왔다.

둑을 따라 걸으며 사내는 노래를 불렀다. 사랑했던 그녀가 좋아한 노래였다. 술기운에 힘입어 더욱 희미해진 대학 시절의 기억이었다.

이제는 분노도 슬픔도 없다.

마비된 감각은 회복되지 못하고 그대로 무뎌졌다. 그래서 사내는 차라리 편안했다. 이대로 평생토록 시간을 죽이고 세월을 녹일 수만 있다면 족하다는 심정이었다.

얼마나 걸었을까.

등대를 목전에 둔 길 위에서 사내가 멈춰 섰다. 자신을 향해 걸어오는 한 여자를 발견한 참이었다. 풀려 있던 두 눈이 빛을 발하고 있었다.

"찾았다."

사내의 코앞까지 다가와 선 여자가 웃으며 꺼낸 첫마디였다. 사내는 돌처럼 굳은 표정으로 그녀를 내려다보고만 있었다. 여자도 생글생글 웃기만 할 뿐 말을 잇지 않고 기다렸다.

"……."

끝내 사내가 몸을 틀어 여자를 횡하니 지나쳤다. 여자는 웃음이 사라진 얼굴에 야속한 감정을 띄우고 사내의 앞을 가로막았다.

"배고파요, 명훈 씨."

"비켜."

"오는 길에 아무것도 못 먹었어요."

"비키라고."

거친 파도가 철썩 부딪쳐 오면서 파편을 흩뿌렸다.

온몸을 적시면서도 혜미는 움직이지 않고 꼿꼿이 섰다.

이 남자를 만나기 위해 비행기를 타고 날아왔다. 이곳에 있다는 사실을 알게 되자마자 주저하지 않고 사표까지 썼다.

"밥 사주세요, 네? 명훈 씨."

혜미가 명훈의 소맷자락을 슬며시 잡았다.

명훈이 미간을 우악스럽게 좁히며 그 손길을 뿌리쳤다.

"제발 좀 그냥 꺼지라고!"

이를 악문 혜미의 두 눈에 눈물이 고이는 것을 보면서도 명훈은 거칠게 고함을 내질렀다.

"너 저능아야?! 내가 너한테 무슨 마음을 먹고 접근했는지 아직도 몰라서 이래?! 제발 머리가 있으면 생각 좀 하고 살라고! 그저 내가 필요해서 이용했던 거라니까!"

"알아요."

명훈이 벌게진 얼굴로 할 말을 잃었다.

혜미는 젖은 양쪽 눈을 손가락으로 찍으면서 나직이 말을 이었다.

"다 알고 있어요."

"그런데도 나를 찾아와?"

"밥이라도 먹으면서 얘기하면 안 될까요?"

"제발 좀……!"

명훈이 두 손으로 제 머리를 쥐어뜯었다. 잠잠했던 취기가 한꺼번에 폭발하기 시작했다. 혜미와 재회한 것만으로 추악한 과거들이 연달아 떠올랐다. 오금이 풀리면서 저절로 온몸이 무너졌다. 쓰러지려는 명훈의 몸을 혜미가 재빨리 부축하고 섰다.

"나는 쓰레기야."

"아니에요."

"쓰레기라고, 나는."

"그만하고 밥 먹으러 가요."

"너 한 번도 여자로 생각한 적 없어."

"거짓말하지 마세요."

힘 빠진 목덜미가 저절로 굽었다. 기어코 명훈은 혜미의 어깨에 코를 박았다.

사람의 온기가 느껴졌다. 흐느낌이 점차 번져 나가 온몸을 뒤흔들었다.

"나는! 나는 진짜……! 아니, 나는. 아, 왜 이러지 내가……! 나는…… 나는 사람이 아닌데……!"

검푸른 강물에 몸을 던졌던 날 놓쳐 버린 것을 이 여자가 가져왔다. 강바닥까지 가라앉아 지금껏 건져 내지 못했던 사람의 감각이다. 명훈은 도저히 오열을 멈출 수가 없었다. 죽지 못해 어쩔 수 없이 살아가야 한다는 사실이 너무도 두려워서.

BIG LIFE

"연우야, 재건이 형 톡인데 사무실 곧 도착하신다는데? 저녁까지 같이 먹고 가실 거래."

"진짜요? 좀 출출해서 라면 먹으려고 했는데 참아야지. 잘
됐다, 오늘은 제가 한턱 내겠습니다."

"잘나간다 이거지? 강연 한 번에 몇십씩 받는다며? 세상
참 많이 변했어. 연우가 케이블 방송까지 타는 인기 강사가
되고 말이야."

마감에 쫓겨 키보드를 두들기던 민호도 고개를 끄덕이며
동조했다.

"그러게. 만날 글 안 써진다고 우울해하면서 편의점에서
혼자 소주 까고 사고나 치고, 벌써 세월이 참."

"오죽했음 파출소까지 가서 직접 데려온 적도 있었지."

말하는 남편 따라 곁에서 작업하던 은영도 거들었다.

연우는 즉시 얼굴을 붉히며 이맛살을 찌푸렸다.

"아, 쫌. 형이랑 누나는 왜 자꾸 낯부끄러운 옛날얘기를
하시고 그러세요. 그 시절은 제가 좀 방황했던 질풍노도의
시기? 막 좀 누구나 거치는 그런 과도기였을 뿐인데."

"연우 형, 질풍노도의 시기는 사춘기 아니에요?"

"와, 그렇구나. 중요하지도 않은 부분 정확히 지적해 주고
알려줘서 고맙다, 재희야. 넌 이따 저녁 먹을 때 네 밥값 내
면 되고."

"장난친 거예요, 형. 막내가 돈이 어딨다고 그러세요. 한

번만 봐주세요."

재희가 울상이 되어 연우에게 매달렸다.

그 모습을 보며 웃음을 터뜨리던 은영은 문득 또 한 사람의 존재를 떠올리고 손뼉을 쳤다.

"맞다, 소미 씨도 와 있잖아."

"아, 그러네. 정 팀장님도 같이 저녁 드시면 되겠네. 그러실 수 있으려나?"

"내가 들어가서 물어보고 올게."

은영이 의자를 뒤로 밀고 일어섰다.

소미는 재건이 전용으로 사용해 왔던 방에서 혼자 편집 작업을 하고 있었다. 이따금 작가 사무실에서 편집 업무를 보게 되면 이 방을 사용하라고 허락을 받아두었다.

"소미 씨, 나 잠깐 들어가도 돼?"

"네, 언니. 들어오세요."

은영이 문을 열고 방으로 들어섰다. 소미는 이제 막 편집을 마무리하고 원고를 저장하는 중이었다.

"저녁 먹고 가."

"아, 죄송해요. 오늘은 어려울 것 같아요."

"하 작가님 오신다는데도?"

소미가 두 눈을 초승달 모양으로 실룩이며 웃었다.

"그래도 어려워요. 동해 내려가 봐야 하거든요."

"동해 집? 본가에는 갑자기 왜?"

"그냥 엄마도 보고 싶고 그래서 다녀오려고요."

"아쉽다. 잘 다녀와. 지금 바로 가려고?"

"네, 마침 일어서려던 참이었어요."

방에서 함께 나오는 두 여자를 보고 작가들이 시선을 모았다. 소미는 모두에게 사정을 설명하고 작별인사를 고했다. 그리고 이내 현관문을 열고 사무실을 떠났다.

소미가 사라진 직후.

"다시 얘기 안 해봐?"

현경이 연우를 구석으로 데리고 와서는 속삭이듯 물었다. 그는 연우가 소미를 좋아하고 있음을 아는 유일한 사람이었다. 언젠가 둘이서 술을 마셨을 때 연우가 취기에 힘입어 털어놓았던 까닭이다.

"끝났어요."

연우가 씁쓸히 웃으며 짤막하게 대꾸했다.

실은 몇 달 전에도 소미에게 재차 마음을 전했던 적이 있었다. 내심 남자로서 자신감을 갖고 도전한 고백이었다. 비루했던 과거와는 달리 이제는 확고히 기반을 잡았으니까.

하지만 두 번째도 실패로 끝나 버렸다. 소미는 부드러운 미소를 지으면서도 단호하게 연우의 마음을 거부했던 것이다. 평생 남자와 연애할 마음이 없다는 말을 덧붙이기까지

하면서.

그날의 풍경이 떠오르자 자연스레 무거운 한숨이 뿜어져 나오는 연우였다.

"내가 얼마나 싫었으면 그런 말까지……."

"뭐라고 중얼거리는 거야? 다시 말해봐."

"아무것도 아니에요. 커피나 한잔하시죠, 형."

"말 돌리지 말고."

연우와 현경이 쑥덕거리며 주방으로 가는 그때.

소미는 이제 막 1층에 도착한 엘리베이터에서 내려서고 있었다. 풀 죽은 시선을 내딛는 구둣발로 내리깐 채였다.

'결국 말하지 못했네.'

사실 작가들에게 털어놓지 못한 이야기가 가슴 한가운데 오롯이 남아 있었다. 재건이 올 거라는 얘기에 들떠 있던 사무실 분위기를 흐리고 싶지 않아서였다.

'다음에 와서 얘기하지 뭐…….'

소미는 한 걸음씩 내딛는 제 발을 내려다보며 천천히 나아 갔다. 많은 사람이 오가고 있었다. 소란스러우나 쾌활하고, 빠듯하지만 그래서 기운찬 이 도시가 금세 그리워지리라.

어느덧 도시 생활에 익숙해진 바다의 딸은 벌써부터 아쉬움으로 희미한 미소를 짓고 있었다.

바로 그때.

"야옹."

고양이의 울음소리가 언뜻 귓가를 울렸다.

소미가 걸음을 멈추고 고개를 들었다. 특유의 나긋나긋한 울음소리는 분명 그녀에게 몹시 익숙한 음색이었다. 절로 귓불도 실룩이고 있었다.

'잘못 들었나?'

사방을 둘러봐도 분주히 오가는 사람들뿐이었다. 소미는 고개를 갸웃거리며 다시금 걸음을 내디뎠다. 그 첫발을 제대로 바닥에 딛기도 전에 등 뒤에서부터 무언가가 그녀의 종아리를 박박 긁어댔다.

"어맛!"

"야옹."

뒤쪽 바닥을 돌아본 소미가 두 눈을 치켜떴다.

아름다운 와인 빛깔 털색의 고양이가 자신을 올려다보고 있었다. 우아한 곡선을 그리는 꼬리, 쭉 뻗은 네 발과 영롱한 두 눈빛. 너무도 사랑스러운 리카였다.

"깜짝이야! 리카, 정말 리카잖아?!"

소미가 반가움을 감추지 못하고 즉시 리카를 품에 안았다. 하나 바로 직후 그녀는 몸을 흠칫 떨었다. 리카가 이런 곳을 홀로 거닐고 있었을 까닭이 없지 않은가.

"지금 가시는 거예요?"

그 사람의 존재를 떠올리자마자 들려오는 목소리.

소미의 시선이 가 닿은 곳에 어김없이 그는 서 있었다. 아주 오래전 처음 만났을 때처럼 수줍은 미소를 짓고서.

"하 작가님……."

리카를 가슴에 안은 소미는 목이 메었다. 홀로 떠나는 길이어서 감상에 젖어 있던 참이다. 갑작스레 재건을 마주하고 나니 말문이 막혔다.

"민호 형한테 방금 문자는 받았어요. 동해 내려가시는 길이라면서요?"

"네, 집에 좀……."

소미가 말하다 말고 입을 다물었다. 재건에게까지 대충 얼버무리려니 마음 한구석이 불편했다. 의아스럽게 쳐다보는 재건 앞에서 그녀는 이내 마음을 굳혔다.

"실은 저, 래프북스 그만두기로 했어요."

"아, 네……."

재건이 천천히 고개를 주억거렸다. 태원에게 이미 들어 알고 있었기에 놀라지는 않았다.

"정확하게는 보름 후에 퇴사해요. 오늘 내려가서 부모님께도 말씀드리고, 앞으로의 계획에 대해서도 상의하고 그러려고요."

"앞으로의 계획이라면……."

재건이 말끝을 흐리며 찰나의 상념에 잠겼다.

언제부터였을까. 소미의 재능이 편집보다 그림에서 도드라지기 시작한 것은.

"웹툰을 제대로 하시겠다는 거죠?"

"네, 맞아요."

소미가 품에 안은 리카를 내려다보며 수줍게 대답했다.

"다만 웹툰은 준비 기간이 오래 걸리니까요. 퇴사한 다음 동해 내려가서 느긋하게 준비해 볼까 해요. 그 사이에는 웹소설 표지랑 게임 일러스트 외주도 받고, 아무튼 차분하게 구상할 생각이에요."

"그거 좋은데요. 소미 씨 이제 몸값 엄청 높아지셨잖아요. 앗, 죄송해요. 소미 씨가 아니지."

재건이 자기 입을 톡 때리고는 말을 이었다.

"이제 정 작가님이라고 불러드려야지."

"악, 싫어요! 완전 부끄러우니까 제발 종전대로!"

"정 작가님이 어때서요? 네? 정소미 작가님?"

"악악! 안 들려요! 저언~ 혀 안 들려요!"

소미가 돌아서서 리카의 몸에 얼굴을 파묻었다.

재건은 사람들이 드나드는 홀 한가운데란 사실도 잊고 소리 내어 한참을 유쾌하게 웃었다.

"전부 하 작가님 덕분이에요."

웃음이 잦아들기를 기다려 소미가 말을 이었다.

"오스카의 던전이랑 더 브레스가 없었다면, 저 같은 게 웹툰이니 원화니 감히 도전해 볼 기회나 얻을 수 있었겠어요?"

"또 그렇게 얘기하신다. 원래 소미 씨 재능이라고요. 잘 그리시고 심지어 제 취향이기까지 해서 부탁드렸던 것뿐이라고 몇 번을 말해야 됩니까?"

미간을 좁히는 재건의 표정이 좋아서 소미는 또 웃었다.

첫 만남 때부터 지금까지 쭉 그래왔다. 이 남자가 무엇을 하건 어떤 모습을 하건 단 한 순간도 좋지 않았던 적이 없었다. 그래서 모순되게도 한편으로는 서글픈 심정이었다.

'하 작가님, 제가 잘해낼 수 있을까요?'

수없이 마음을 다잡았건만. 새삼 홀로 떠나는 이 길에 의구심이 들었다. 지금까지 곁을 지켜줬던 울타리를 벗어나 굳건히 헤쳐 나갈 수 있을까. 더없이 좋은 사람들을 떠나 꿋꿋하게 버텨낼 수 있을까.

"소미 씨? 무슨 생각해요?"

"……."

재건의 목소리가 메아리처럼 귓가를 울렸다.

소미는 입을 열 수가 없었다. 상대는 아주 조금이라도 어리광을 부려서는 안 될 남자다. 차마 꺼내지 못한 말은 가슴속에서만 맴돌고 있었다.

"야옹."

소미의 가슴에 안겨 있던 리카가 고개를 들었다.

바로 그 순간, 리카의 두 눈이 파르르 떨리며 섬광을 일으키는 것을 재건은 똑똑히 보았다.

'리카……?'

재건이 두 눈을 휘둥그레 떴다.

머릿속으로 이질적이면서도 낯익은 감각이 스며들고 있었다. 온몸을 휘감는 풍경 한가운데에는 여전히 소미가 고개를 떨어뜨린 채 서 있었다.

'이건…… 소미 씨의 감성?'

리카를 통한 감성 공유가 틀림없었다.

재건은 일순 이해되지 않았다. 갑자기 왜 리카가 소미의 감성을 느낄 수 있도록 능력을 발휘한 걸까. 거기에 대한 의문은 소미의 감성이 완전히 깃들면서 자연스레 풀렸다.

'소미 씨, 무서워하고 있구나.'

두려움과 기대가 비등하게 뒤엉킨 외길이었다.

한 치 앞이 보이지 않는 호우가 목전을 가로막고 있었다. 그 길의 초입에 우산도 없이 서서 발을 동동 구르고 있는 소미가 보였다.

"소미 씨."

재건이 소미의 어깨를 가볍게 두드리며 말문을 열었다. 리카의 의도를 알았으니 그에 부응할 차례였다.

"스스로를 믿고 걸어가세요."

"⋯⋯?"

소미의 두 눈이 동그랗게 커졌다. 확대된 동공은 오직 재건의 얼굴만을 품고 있었다.

"소미 씨 실력 정말 좋으니까 자부해도 돼요. 제가 보증하니까 걱정하지 마시고 쭉쭉 걸어가세요."

"하 작가님⋯⋯."

"처음 가는 길이니 당연히 두렵기도 하겠죠. 어쩌면 가다가 막힐 때도 있을 겁니다. 사람 일은 모르는 거니까. 하지만 그럴 땐⋯⋯."

재건이 소미의 양어깨를 잡고 뒤로 돌려세웠다.

방금 내려섰던 엘리베이터에서부터 작가 사무실이 있는 오피스텔 최상층까지의 모든 풍경이 소미의 한눈에 들어왔다.

"명심하세요. 소미 씨는 혼자가 아닙니다."

"⋯⋯!"

소미의 두 눈망울이 세차게 요동쳤다. 자신이 얼마나 멍청한 생각을 했는지 깨달았다. 끝이 아니라 새로운 시작인데 바보처럼 혼자서 착각하고 있었다. 그래서 별수 없이 눈시울을 적시며 웃었다.

"정말 고맙습니다, 하 작가님."

"뭘요."

힘없이 늘어져 있었던 소미의 두 손에 어느새 우산이 쥐어져 있었다.

이거라면 그 어떤 호우라도 능히 막아낼 수 있으리라. 용기라는 이름의 퍼즐 마지막 한 조각이 보기 좋게 맞춰졌다.

"힘낼게요. 그리고…… 잘 다녀올게요."

"네, 조심히 다녀오세요."

소미가 리카를 재건에게 안겨주고 돌아섰다.

생애 두 번 다시 흘리지 않을 종류의 눈물 두 줄기가 뺨을 타고 흘러내렸다. 정말로 이번이 마지막이라고 소미는 굳게 다짐하고 있었다.

내 생일날 다른 여자의 남편이 된 야속한 남자.

생일케이크에 초를 꽂고 불을 붙일 때마다 생각나겠지.

아무리 손을 뻗어도 닿지 않을 저 망망대해 한가운데에 등대 하나로 고이 놓아두어야지. 보고 싶을 때마다 볼 수 있는 풍경이면 그만이지. 그 정도로 족해야지.

또각또각 경쾌한 걸음이 한 발, 두 발 계속되었다.

소미는 걸음만큼이나 기운찬 손짓으로 출입구 문을 힘껏 밀어젖혔다.

새로운 세상이 열렸다.

"어, 도준아."

—잤어? 목소리가 가라앉았네.

"아니, 이제 막 은채 재우고 글 좀 쓰려고 앉았어."

재건이 노트북 전원 버튼을 누르며 대답했다. 벽시계의 시침이 10시를 갓 넘어가고 있는 밤이었다. 은은한 호박색 조명이 비치는 서재 안에는 재건과 리카 둘뿐이었다.

—하긴, 시간이 몇 신데 벌써 자겠어.

"원래 보통 사람들은 이 시간에도 많이들 자. 그것보다 왜 이렇게 시끄러워? 옆에 누구 사람들 있어?"

—태봉이 형이랑 채린이랑 유나랑 있다. 갑자기 곱창전골 먹고 싶다면서 다들 난리야. 이제 먹으러 나갈 건데 너도 와라.

"지금 어떻게 나가. 맛있게 먹어. 난 늦어서 다음에 갈게."

—지금이 뭐가 늦어? 이제 겨우 10신데?

"네가 결혼해 봐라. 네 마음대로 외출하고 싶을 때마다 할 수 있을 것 같냐?"

—난 내 마음대로 해. 난 누구 눈치 안 보는 사람이야.

"수희 바꿔줄 테니까 그 말 다시 한번 해봐."

—너는 인간이 장난 한번 친 걸 갖고 겁주고 그러냐? 야,

재건아. 옆에서 유나가 난리야. 아씨, 잠깐만.

　─여보세요? 재건 오빠?

　수화기 너머의 목소리가 도준에서 유나로 뒤바뀌었다. 실실거리는 웃음소리가 이미 꽤나 마셨음을 짐작게 했다.

　"어, 유나야. 뭐 이제부터 마시러 나간다더니 벌써 진득하게 한 잔씩들 하신 모양이네."

　─맥주 쪼오금 했어요, 아주 쪼오금, 헤헤. 오빠, 다름이 아니라 저희 다음 싱글 타이틀곡이요. 가사 언제 나와요?

　"아, 그건……."

　─솔직히 말씀해 보세요. 쓰시고 있긴 한 거예요?

　"당연하지, 쓰고 있어. 그래, 지금도 쓰려고 켠 거야."

　재건이 허둥지둥 대답하며 마우스를 잡았다.

　경황이 없어 잊어버리고 있었다. 그는 '더 브레스 3부' 원고를 닫고는 'C.Y 4번째 싱글' 파일을 불러와 화면에 띄웠다. 작성된 가사라고는 달랑 3줄이었다.

　재건이 3줄의 가사를 눈에 담고서 말했다.

　"벌써 열 줄이나 썼어. 늦어도 사흘이면 완성되겠네."

　─정말요? 열 줄이나 쓰셨어요? 그거라도 좀 보여주세요.

　"완성되면 보여줄게. 좀만 더 기다려."

　─악, 싫어요! 지금 보여줘요! 보고 싶단 말이에요!

　전파 너머에서 소란이 일었다. 본래 주인에게로 돌아간 핸드폰은 다시금 도준의 목소리를 들려주었다.

―미안, 애들이 벌써 상태가 메롱이다. 너 작업하는 거 같으니 이만 끊을게. 오늘도 행복하게 잡혀 살아라.

"잡혀 살긴 뭘 또 잡혀 살아. 아무튼 알았다. 맛있게 먹고 태봉이 형한테도 안부 전해줘."

재건이 전화를 끊고 핸드폰을 내려놓았다. 기척도 없이 등 뒤로 다가온 수희가 팔짱을 꿰고 서 있었다.

"도준 씨가 자기더러 잡혀 사는 것 같대?"

"헉!"

재건이 기겁해서 몸을 움찔 떨었다. 덩달아 놀란 리카가 폴짝 뛰었고, 바깥에서 자고 있던 눈솔도 소리를 듣고 쫄래쫄래 서재로 기어들었다.

"왜 그렇게 기겁해? 리카랑 눈솔이까지 놀라잖아."

"갑자기 등 뒤에서 나타나니까 그랬지."

수희가 책장에서 한 권의 책을 뽑아 들고는 재건 옆에 의자를 빼고 앉았다.

재건은 키보드에 두 손을 올린 채로 그녀를 바라보았다.

"책 읽으려고?"

"응, 방해되나?"

"그럴 리가. 네가 옆에서 책 읽어주면 오히려 좋지."

"그럼 다행이고."

수희가 흐트러진 재건의 머리를 쓸어주고는 웃었다. 그리고 책을 펼치자마자 조용히 활자를 두 눈에 담기 시작했다. 일단 펼친 책을 그 자리에서 끝내는 건 그녀도 재건과 매한가지였다.

"수희야."

"응?"

"넌 책 읽을 때도 엄청나게 예쁘다는 거 알지?"

"알아."

"너무 순순히 인정하는데?"

"자기가 말했었잖아. 대학교 때부터 도서관에서 내가 책 읽는 거 훔쳐본 적도 있었다면서."

"내가 그런 말도 했었단 말야?"

"기억력 꽝이야, 정말."

타다다닥!

타닥! 타다닥!

재건은 사랑하는 아내를 곁에 두고 경쾌하게 타자를 두들 겼다. 독서에 열중하는 수희의 집중력까지 더해진 기분이었 다. C.Y에게 줄 가사 집필은 점점 탄력이 붙어가고 있었다.

"행복하다……."

"응? 지금 뭐라 그랬어?"

"아니, 가사 음미한 거야."

재건이 웃으며 에둘러 대꾸했다.

이토록 완벽한 공간이 세상에 또 어디 있을까.

맞은편에는 리카와 눈솔이 웅크리고 있고 곁에는 수희가 세상에서 가장 아름다운 모습으로 앉아 있다.

코끝이 시큰거려 올 만큼 행복했다.

"사과 좀 먹으면서 해."

"고마워."

사과를 아삭아삭 씹으면서도 재건의 열 손가락은 멈출 줄을 몰랐다. 아마도 멈출 날은 찾아오지 않을 것이다. 세상은 더할 나위 없이 넓고 글감은 넘쳐 나니까. 세상 누구보다도 내 글을 좋아해 주는 사람이 지금도 곁을 지켜주고 있으니까.

불가능하다는 사실을 인지하고 있으면서도 재건은 창밖의 밤하늘을 바라보며 빌었다.

부디 이 매혹적인 밤이 시공을 초월해 영원으로 남아주기를, 줄곧.

163장
빅 라이프

"규민 오빠, 여기 있어."

"어, 진짜? 어디? 어디?"

"쉿, 조용. 그러다 날아가."

은채가 입술에 손가락을 얹고 주의를 주었다.

올해 6살이 된 은채의 얼굴은 수희의 어린 시절과 판박이였다. 굳이 차이점을 찾아보자면 서글서글한 눈매였다. 눈매만큼은 다소 도도하고 차가운 엄마 쪽이 아니라 제 아빠의 선한 곡선을 이어받았다.

"이거 잡아야지."

남규민이 나무에 앉은 잠자리를 뚫어져라 노려보며 손을 서서히 뻗었다. 은채보다 4주 먼저 태어난 규민은 제 아버지

규호의 기질을 있는 그대로 물려받았다. 매사에 말보다 행동이 먼저였고 도무지 거침이 없었다.

"잡지 마, 오빠."

"왜?"

"잘못 잡으면 다칠 거야. 불쌍하니까 이렇게 보기만 하자."

"네가 잡지 말라고 하니까 안 잡을게."

규민이 아쉽다는 듯이 입맛을 다시면서도 손을 거둬들였다. 다른 사람의 부탁이라면 귓등으로도 듣지 않았겠지만 은채의 부탁인 것이다.

"은채야! 규민아! 이제 와서 과일 먹자."

"네, 고모! 오빠, 가자."

은채와 규민이 나란히 정원을 가로질러 달렸다. 집에 자리한 넓은 정원이었다. 재건과 수희가 결혼식까지 치렀던 이 정원은 이제 아이들에게도 훌륭한 놀이터가 되어주고 있었다.

"은채야, 나 봐봐."

갑자기 규민이 뛰다 말고 멈춰 섰다. 수영장을 만드느라 땅을 파헤쳐 놓은 구역이었다. 재건이 아이들을 위해 엊그제 사람을 불러 시작한 공사였다.

"나 여기서 저쪽까지 뛸 수 있다?"

"하지 마, 오빠. 그러다 다친단 말이야."

"절대로 안 다쳐, 잘 봐. 이야아아아아아~! 으악!"

"남규민!"

테라스에서 과일을 깎던 재인이 기겁해서 벌떡 일어섰다. 곁에 앉아 있던 규호가 신문을 내던지고 달려왔다. 구덩이 밑으로 떨어진 규민은 피가 흐르는 무릎을 싸맨 채 오만상을 찌푸리고 있었다.

"위험한 짓 좀 하지 말라니까 왜 이렇게 말을 안 들어!"

"안 넘어질 수 있었어요. 발이 나뭇가지에 걸렸어요."

규호에게 안겨 구조되면서도 규민은 뾰로통한 얼굴이었다. 은채 앞에서 멋있는 모습을 보여줄 계획이었는데 망신만 당하고 말았다.

"아버지가 뭐라고 그랬어? 위험한 짓 하지 말라고 했지? 말해봐, 남규민. 지금 위험한 짓 한 거야? 안 한 거야?"

"……했어요."

"다음에 또 이럴 거야?"

"다음엔 안 다치고 뛰어내리려고요."

"아니, 이 녀석이?! 이거 진짜 누굴 닮아서 이러지?!"

규호의 옆으로 재인이 무거운 한숨을 내쉬며 나타났다.

"당신 닮았지 누굴 닮았겠어요. 규민이, 이리 와. 엄마랑 씻고 약 바르러 가게."

"네, 엄마. 히히히."

"어머, 남규민 도련님. 아빠한테서 벗어난다고 그렇게 좋아할 거 없어요. 엄마와 함께하는 즐거운 반성문 시간이 기다리고 있답니다."

규민은 그 자리에서 사색이 되었다.

"잘못했어요, 엄마. 다시는 안 그럴게요. 한 번만 용서해주세요. 네? 엄마, 제발요."

재인이 애원하는 규민을 질질 끌다시피 하여 집 안으로 사라졌다. 규호는 고개를 절레절레 내젓고는 은채의 손을 잡고 테라스로 돌아왔다.

테라스에는 수희가 남아 있었다.

"너무 그렇게 혼내지 마세요, 대표님."

수희가 재인이 깎던 과일을 이어서 깎으며 말했다. 규호는 제 무릎 위에 앉힌 은채를 내려다보며 대꾸했다.

"은채 반의반만 얌전해도 좋을 텐데. 이 대표라면 저걸 그냥 안 혼내고 놔둘 수 있겠어?"

수희의 호칭이 그렇듯 규호가 수희를 부르는 호칭도 '대표'였다. 넥션을 그만둔 수희가 설립한 모바일 게임 회사도 어느덧 3년째로 접어들고 있었다. 두 사람이 서로를 아주버님과 처남댁으로 부를 날은 아직도 멀기만 했다.

"남자애가 어떻게 여자애랑 같을 수 있겠어요. 제가 보기엔 규민이 너무 씩씩하고 좋은데요."

"그럼, 그렇다마다. 어찌나 씩씩한지 볼 때마다 나는 기가 차서 씩씩거리게 된다니까?"

지척에서 발소리가 울리는가 싶더니 지하 휴게실에 있던 재건과 도준이 나란히 나타났다. 당구를 치러 내려갔던 두 사람은 전혀 상반된 표정을 하고 있었다. 벌레라도 씹은 듯한 도준의 얼굴을 보자마자 수희는 결과를 알았다.

"어쩐 일이래요? 도준 씨가 저이한테 당구를 질 때가 다 있고."

"그러게 말입니다. 제가 중국에서 3주 내내 와이어 액션을 했더니 팔 근육이 좀 말을 안 들어서요."

"핑계 대지 마, 짜장면은 네가 시키는 거다. 매형이랑 누나랑 수희랑 규민이랑 은채 것까지 전부 다."

"벗겨 먹는 것 좀 보세요, 수희 씨. 세계 부자 리스트에 이름까지 올라간 인간이 해도 해도 너무하는 거 아닙니까?"

또 툭탁거리는 재건과 도준을 보며 수희는 쿡쿡 웃었다.

지난주까지 중국에서 지존록 시리즈의 마지막인 3편을 촬영하고 돌아온 도준이었다.

재작년에 개봉했던 2편은 앞서 중국 역대 흥행 1위를 차지한 1편보다도 성적이 좋았다. 덕분에 그는 이제 한중 양국에서 살아 있는 전설이 되어 있었다.

"재건아, 다음 주에 윤태성 감독님 만나기로 한 거 알지?"

"당연히 기억하지. 시나리오 퇴고도 전부 끝내뒀어."

'악의'에 관한 이야기였다. 오래전부터 영화화 얘기가 나왔던 작품이 올해에 이르러서야 제작에 들어가게 됐다. 예슬도 조연으로 출연이 거의 확실시됐다.

"더 브레스 3부는 잘되고 있고?"

"이제 마지막 권 쓰고 있다. 깔끔하게 마무리될 것 같아."

"다행이네. 3부까지 대박 터뜨려야지. 이번 것까지 영화 성공하면 책으로도 확실하게 해리슨 포터 누르겠다."

도준의 말은 과언이 아니었다. 지금까지 총 68개국으로 번역되어 출간된 '더 브레스' 시리즈는 도합 2억 9,000만 부라는 경이로운 판매고를 올리고 있었다. 이들이 대화하고 있는 지금 이 순간에도 지구 방방곡곡에서 날개 돋친 듯이 팔려 나가는 중이었다.

"난 설마 진짜로 타이타닉까지 이길 줄은 몰랐다."

도준이 사과 한입을 우물거리며 말을 이었다. 영화 '더 브레스' 2편을 언급하는 것이다.

22억 달러라는 경이적인 수익을 거둬들이며 전 세계 역대 흥행 2위의 기록을 차지했다. 미국을 대표하는 오스카 시상식도 거의 전 부문을 독식하다시피 했다.

"덕분에 게임도 잘나가서 다행이지."

규호가 한마디 거들었다.

넥션에서 서비스하는 '더 브레스 온라인'도 세계적으로 기반이 공고히 잡혔다. 1,000개에 달하는 방대한 서버가 한국을 비롯한 세계 각국에서 활발히 돌아가고 있었다.

MMORPG의 화려한 부활이란 수식어가 완벽하게 맞아떨어지는 성과였다. 당연히 이제는 국내외에서 넥션을 대표하는 간판으로 자리매김했다.

"더 브레스 온라인 CF 모델은 계속 도준 씨가 맡아주셨으면 좋겠어요. 도준 씨보다 좋은 모델이 세상에 없는 것 같아서요."

"감사합니다. 과찬이십니다."

규호의 칭찬에 도준이 헛기침을 하며 고개를 숙여 보였다.

늘 '우주 대스타'라는 호칭을 입에 달고 다니는 도준이지만 규호 앞에서는 겸손했다. 어딘지 어려운 분위기가 있는 탓이다. 그 모습이 우스워서 재건은 고개를 돌리고 몰래 웃었다.

"시간 참 빨리도 흘러가네."

문득 정원 너머 먼 곳을 바라보며 수희가 중얼거렸다.

다른 세 남자도 수희를 따라 시선을 향했다. 서건우를 기념하기 위한 '조립식 은하수' 문원이었다. 산자락 밑으로 공고히 선 건물의 형상이 또렷했다.

"서상도 작가님은 이제 완전히 올라오시는 거지?"

"어, 연주 씨랑 같이."

재건이 고개를 끄덕이며 대답했다.

상도와 연주는 얼마 전 사랑의 결실을 맺었다. 재건과 수희도 경주에서 열린 결혼식에 참석해 두 사람을 축하해 주었다.

'선배님, 5년이 지났는데 아직도 커다란 삶을 끝맺지 못했어요. 어쩌면 시간이 더 걸릴지도 모르겠어요. 이해해 주실 수 있으시죠?'

재건이 문원 쪽을 바라보며 마음으로 말을 전했다.

'커다란 삶'을 제외한 서건우의 모든 작품은 전집으로서 출간되어 베스트셀러를 기록했다. 이제 남은 것은 단 한 작품. 그 위대한 작품의 여백을 채우는 작업이 쉽지 않았다.

'그래도 초조해하진 않을 겁니다. 저만의 것이 아닌 선배님의 작품이니까요. 몽당연필로 꾹꾹 눌러 심상을 담으셨던 선배님처럼…… 오래 걸릴지언정 언제고 반드시 마침표는 찍을 겁니다. 지켜봐 주세요.'

문득 무릎이 따스해졌다. 굳이 아래를 확인할 것도 없이 재건은 웃었다. 당장 내일의 삶이 보이지 않았던 그날 밤, 무덤에서 만났을 때와 꼭 같은 모습으로 리카는 웅크리고 앉아 있었다.

손을 내려 리카를 쓰다듬어주자 뒤이어 두 마리의 작은 고양이가 연달아 그의 다리 위로 뛰어올랐다. 둘의 아빠인 눈솔은 보이지 않았다. 여느 때처럼 세상모르고 어딘가 구석에서 낮잠을 즐기고 있으리라.

그날 밤.

재건과 수희는 은채를 재우고 난 뒤 비교적 일찍 잠자리에 들었다. 10월을 맞아 조금 두꺼워진 이불을 가슴까지 올리며 수희가 물었다.

"근데 당신은 전혀 관심 없어?"

"뭐가?"

"요즘 뉴스 안 봐?"

"TV 잘 안 보잖아. 왜? 무슨 기사라도 났어?"

"아무것도 아니야."

"무슨 말을 하다 말고 그래? 뭔데?"

"정말 아무것도 아니라니까. 얼른 자자."

수희가 말을 돌리고는 재건의 품에 안겨왔다. 재건은 헛웃음을 한 번 터뜨리고는 더 묻지 않고 그녀에게 팔베개를 해주었다.

"맞다…… 우다왕 주석 만날 거야?"

"만나야지. 그렇게까지 만나고 싶다고 하시는데. 덕분에 한중 콘텐츠 사업도 잘 진행되고 있고."

"당신 정말 엄청 좋아하나 봐. 당신 없이는 사업 진행 못한다고 대놓고 언론에 말까지 하고…… 문화부에서도 쩔쩔 매고…… 당신 사람 참…… 대단해…….”

수희는 점점 졸린 목소리가 되어가더니 이내 새록새록 잠들었다.

재건은 잠든 그녀의 뺨에 쪽 소리가 나도록 입을 맞추고는 스탠드 전원을 껐다.

어둠 속에서 막 잠에 빠져들 즈음.

드르륵!

협탁에 놓아둔 핸드폰이 짧게 몸을 떨며 메시지 수신을 알렸다. 재건은 조심스레 몸을 돌려 핸드폰을 잡았다. 액정에 뜬 세 글자의 이름을 본 순간 그는 잠이 달아나 버렸다.

‘오명훈……?’

오래도록 잊고 살았던 이름.

전화부의 심연에 가라앉아 있던 그 이름이 실로 오랜만에 두 눈 깊숙이 각인되었다. 강물 아래로 추락하던 마지막 모습마저 뇌리에 그려지기 시작했다.

‘무슨 일이지?’

재건은 저도 모르게 목울대를 울리며 메시지를 확인했다. 그리고 순간 어안이 벙벙해졌다. 메시지는 고작 네 글자였다.

-축하한다.

'축하한다고? 무슨……?'

재건은 자신에게 축하받을 일이 있었는지 머리를 이리저리 굴려보았다. 짐작되는 바는 전혀 없었다. 피곤하기도 했기에 이내 그는 생각을 정리했다.

'다른 사람에게 보내려던 걸 잘못 보낸 거겠지.'

잘못 보냈다는 가정하에서도 재건은 웃음이 나왔다. 어쨌든 그렇게 자신을 증오했으면서도 핸드폰 번호는 여전히 남겨두고 있었다는 얘기다.

재건은 핸드폰을 다시 내려놓고 잠을 청했다. 그러나 1분이 채 지나기도 전에 다시 눈을 떠야만 했다. 이번엔 메시지가 아니라 전화였다.

'어? 현 기자님이 이 시간에 무슨 일이지?'

전화를 걸어온 사람은 주간경향 기자 성범이었다. 지금은 주간경향의 편집장이 되었다. 항시 예우를 차릴 줄 아는 사람이다. 별일도 없이 이런 늦은 시간에 전화를 걸어올 리 없었다.

재건은 즉시 전화를 받았다.

"네, 현 기자님."

-늦은 시간에 죄송합니다. 주무시고 계셨습니까?

"괜찮습니다. 말씀하세요. 무슨 일이시죠?"

수희가 깰까 염려한 재건의 목소리는 무척 작았다. 그에 맞춰 성범도 작은 목소리로 대답했다.

─축하드립니다, 하 선생님.

"무슨 말씀이십니까?"

─하하, 지금 시기에 축하드릴 만한 일이 달리 뭐가 있겠습니까? 속보 듣자마자 바로 연락드린 겁니다.

"저기, 현 기자님. 그러니까 무슨 축하를 말씀하시는 건가요?"

─에엥? 하 선생님, 정말 모르셔서 그런 말씀을 하시는 겁니까? 농담하시는 거 아니시죠?

"그런 거 아닙니다."

─아이고야, 정말로 모르셨구나. 오늘은 하 선생님 주무시기 힘들 것 같습니다. 여기저기서 전화 밀려들기 시작할 겁니다. 노벨문학상 수상자시니까요.

"네······? 현 기자님, 지금 뭐라고······."

─노벨문학상이요, 하 선생님. 하 선생님의 악의가 노벨문학상 수상작으로 결정됐어요. 후보작 전부 철저히 비공개가 원칙이라. 와, 진짜······! 정말 진심으로 축하드립니다. 한국 작가로서의 최초는 물론이고 알베르 카뮈의 최연소 수상 기록마저 깨셨습니다.

"아, 네⋯⋯. 아하하⋯⋯ 고맙습니다."

재건이 멋쩍게 웃으며 대답했다.

이상하리만치 마음이 차분했다. 기쁜 감정은 또렷하고 분명한데 어떻게 이토록 초연할 수 있는지. 스스로도 조금 놀랄 지경이었다.

―많이 놀라시지 않은 목소리십니다. 역시 선생님은 다르십니다. 이런 엄청난 상을 수상하시게 됐는데도 이토록 담담하실 수 있다는 점이 말입니다. 오히려 제가 놀라서 지금 손발이 다 떨리고 심장도 진정이 안 돼요.

"축하 정말 감사드립니다. 덕분에 저도 빨리 알게 됐고요."

재건은 무덤덤하게 얼마간 더 통화한 뒤 전화를 끊었다.

진동 기능을 무음으로 변경하는 사이에 옆에서 뒤척이던 수희가 두 눈을 슬며시 떴다.

"으음⋯⋯ 누가 전화했던 거야?"

"응, 현성범 기자님."

"뭐라시는데?"

"내가 노벨문학상 수상했대."

수희가 졸음에 못 이겨 도로 눈을 감으면서도 쿡쿡 웃었다. 농담으로 받아들인 것이다.

"정말 축하해⋯⋯."

"고마워, 더 자."

품에 안은 수희의 등을 쓰다듬어주면서 재건은 대학 시절부터 이어져 온 악연을 생각했다.

이제야 '축하한다'는 메시지의 의미를 깨달았다.

'사람 어이없게 만드는 구석은 여전하네.'

세상에서 날 가장 증오할 것 같은 인간으로부터 가장 먼저 축하를 받게 될 줄이야. 입가에 웃음이 떠올랐다. 씁쓸할지언정 뒷맛은 남지 않을 말끔한 웃음이었다.

'수십 년 세월이 지나 관에 들어가기 전까지 다시는 만날 수 없겠지만…… 부디 잘 살았으면 한다. 진심으로 고맙다, 명훈아.'

드르륵!

"아, 이 시간에 누구야……."

수희가 인상을 잔뜩 찌푸리며 몸을 반대편으로 돌렸다. 그녀의 어머니 연옥이 걸어온 전화였다.

"엄마, 왜……? 응? 으음……? 뭐? 뭐라고? 진짜?!"

수희가 두 눈을 치켜뜨고 상체를 벌떡 일으켰다.

재건이 무슨 일이냐는 듯이 능청스럽게 고개를 갸웃해 보였다. 얼마 못 가 수희의 입은 찢어져라 벌어졌다.

"이 나쁜 인간!"

"우왁! 수희야!"

수희가 재건을 우악스럽게 덮치고 끌어안았다. 열린 방문을 지나 리카와 눈솔, 그리고 두 아기 고양이까지 기차놀이를 하듯이 줄을 이어 들어오고 있었다.

## BIG LIFE

찰칵! 찰칵! 찰칵!

진눈깨비가 흩날리고 있는 12월의 어느 하루, 인천공항은 기자들로 인산인해를 이루고 있었다. 사방 곳곳에서 그들의 카메라 플래시가 거친 빛을 뿜어냈다.

쉴 새 없이 폭발하는 빛의 표적은 단 한 사람이었다.

"하재건 선생님! 한 말씀만 해주십시오! 지금 기분이 어떠십니까?"

"차기작은 구상하시고 계십니까? 얼마 전 아나운서 박혜상 씨가 진행하는 라디오 문학방송 인터뷰에서 언급하셨던 그 작품 말입니다. 제목이 뭔지 알려주실 수 없으세요?"

"독자들을 위해서 짧게라도 한 말씀만 부탁드리겠습니다. 하 선생님의 삶의 모토는 간단히 어떤 것입니까?"

"수상 소감 및 연설문은 준비하셨지요? 짤막하게라도 내용 좀 알려주십시오."

기자들에게 빙 둘러싸인 재건은 차분히 호흡을 가다듬었다. 스웨덴 아카데미로 향하는 여정이다. 수희도 그의 옆을 지키듯이 서 있었다.

"네? 하 선생님, 부디 한 말씀만 해주세요."

거듭되는 기자들의 채근 한가운데에서 재건은 뒷머리를 긁적이며 웃었다. 현실적으로 이 많은 기자의 질문에 일일이 대답해 줄 수는 없었다.

"빅 라이프입니다."

재건이 좌중을 돌아보며 나직이 말했다. 기자들이 멍한 표정이 되어 그를 멀거니 쳐다보았다.

"하 선생님? 지금 뭐라고 말씀하셨죠?"

"빅 라이프라고 했습니다."

"빅 라이프요? 실례지만 그게 뭔가요?"

"모든 기자님의 질문에 일관되게 드릴 수 있는 답변입니다. 지금은 이렇게밖에 말씀드릴 수가 없어 죄송합니다."

말을 마친 재건은 수희의 손을 잡고 돌아섰다. 힘차게 걸음을 내딛는 사이, 머릿속에서 대선배의 나무라는 목소리가 울리는 듯했다.

ㅡ자네, 그걸 굳이 영어로 소개해야 되겠는가?

'글로벌시대 아닙니까, 선배님. 한국에서는 커다란 삶으로 출간하고 해외에서는 빅 라이프로 출간하겠습니다.'

ㅡ김칫국 마시지 말게. 아직 마침표도 찍지 못했으면서 벌써부터 해외 출간 운운하기는. 난 이제 모르니 알아서 잘하게.

'하하하, 편히 쉬시면서 지켜봐 주십시오.'

재건은 날개라도 달린 것처럼 가벼운 걸음으로 게이트를 통과했다. 마치 보이지 않는 대선배의 영혼이 등을 떠밀어주기라도 하는 것 같은 느낌이었다.

"엄청 기분 좋아 보여, 당신."

"당연히 좋지."

새삼 눈시울이 붉어지도록 감사했고, 급기야 재건은 젖 먹던 힘까지 다해 소리치고 싶어졌다.

지금 이 순간에도 하루하루 최선을 다해 살아가고 있을 세상 모든 사람이 들을 수 있도록, 항상 더 나은 내일이 기다리고 있다는 사실을 잊어버리는 일 없도록, 좋은 사람들의 행복이 언제까지고 이어질 수 있도록.

'빅 라이프' 라고.

The end

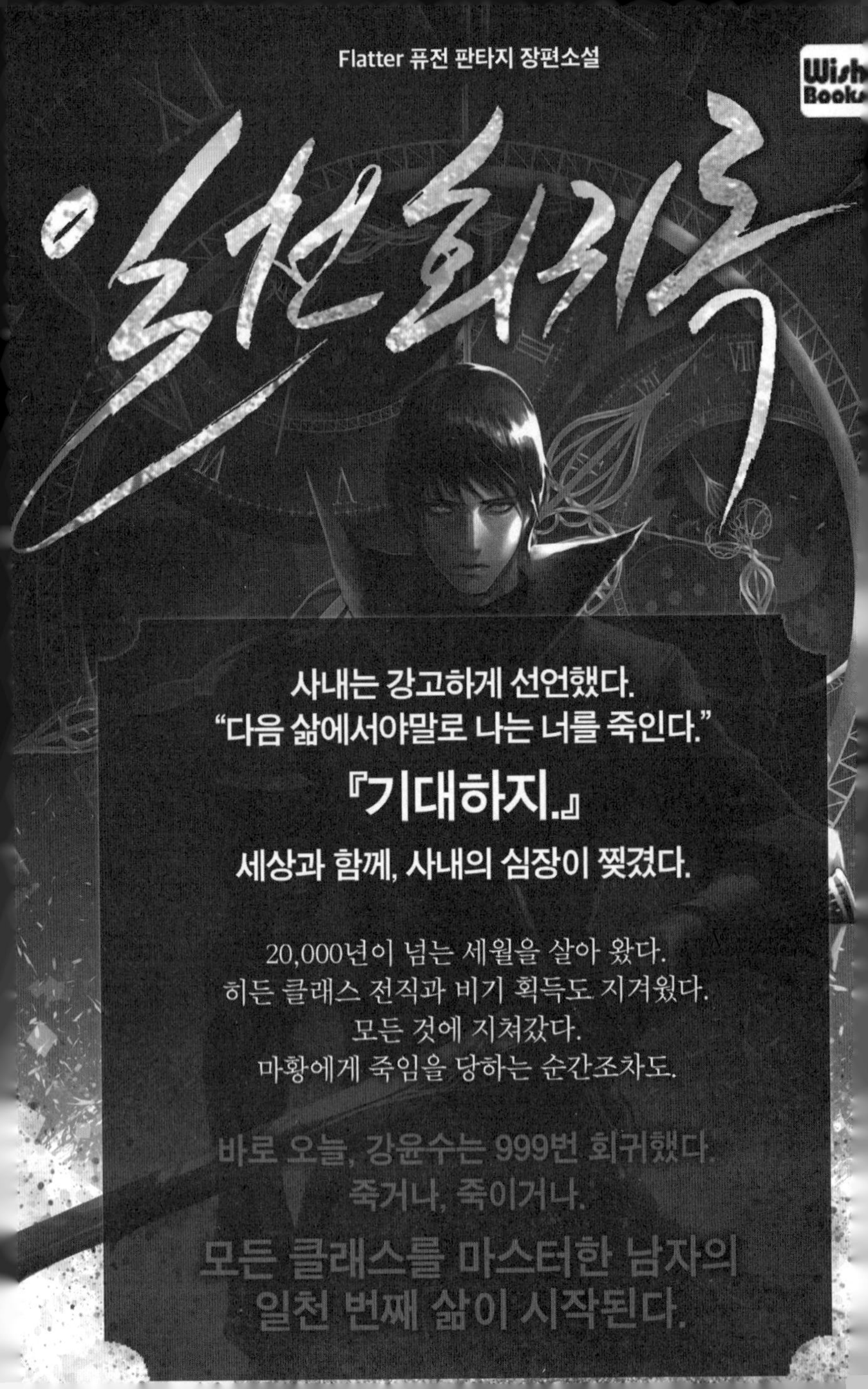
Flatter 퓨전 판타지 장편소설
Wish Books
일천회귀록
사내는 강고하게 선언했다.
“다음 삶에서야말로 나는 너를 죽인다.”
『기대하지.』
세상과 함께, 사내의 심장이 찢겼다.
20,000년이 넘는 세월을 살아 왔다.
히든 클래스 전직과 비기 획득도 지겨웠다.
모든 것에 지쳐갔다.
마황에게 죽임을 당하는 순간조차도.
바로 오늘, 강윤수는 999번 회귀했다.
죽거나, 죽이거나.
모든 클래스를 마스터한 남자의
일천 번째 삶이 시작된다.

# 8클래스 마법사의 회귀

인류 최초의 8클래스 마법사 이안 페이지.
배신 끝에 30년 전으로 돌아오다.

설령 세상이 무너지는 한이 있더라도.
상상을 초월한 적이 눈앞에 나타나더라도.
지키고픈 이들을 반드시 지켜낼 수 있는 힘.

'그 힘이 적당할 필요는 없어.'

소중한 이들을 지키기 위한,
8클래스 이안 페이지의 일대기!

# 천마사냥꾼

**운경 현대 판타지 장편소설**

마수가 창궐한 세계.
염동 능력자이자 천마신공의 전수자 적시운.
그가 해야 하는 일은 단 하나.

'살아서 집으로 돌아간다.'

**\*천마(天魔)[명사]**

검은 안식일 이후 지상에
창궐하게 된 마수 무리의 지배자.

**\*사냥꾼[명사]**

사냥하는 자.